НЕМЕЦКИЕ И АВСТРИЙСКИЕ СКАЗКИ

DEUTSCHE UND ÖSTERREICHISCHE MÄRCHEN

3-е издание, исправленное и дополненное

Адаптация текста, задания и словарь
М. В. Холодок

Санкт-Петербург

УДК 373
ББК 81.2 Нем-92
Н50

Н50 Немецкие и австрийские сказки: Пособие по аналитическому чтению и аудированию / Составление, упражнения, комментарии, словарь М. В. Холодок. 3-е изд., испр. и доп. — СПб.: КАРО, 2014. — 160 с.: ил. — (Серия «Lesen mit Übungen»)

ISBN 978-5-9925-0357-9.

Данное пособие по чтению предназначено для учащихся 5–6 классов школ с углубленным изучением немецкого языка. Пособие разработано автором с учетом современного методического подхода к обучению чтению на иностранном языке и содержит упражнения на контроль понимания содержания текста, закрепление лексики, повторение грамматики и развитие навыков монологической и диалогической речи.

УДК 373
ББК 81.2 Нем-92

© М. В. Холодок — составление,
упражнения, комментарии
и словарь, 2009
© КАРО, 2009

ISBN 978-5-9925-0357-9   Все права защищены

ДОРОГИЕ ЧИТАТЕЛИ!

Нам очень приятно ваше стремление к изучению немецкого языка. Эта книга, в которой собраны лучшие австрийские и немецкие сказки, поможет вам научиться с удовольствием читать немецкую литературу.

Пособие снабжено комментариями и словарем, что должно облегчить вам процесс чтения. Выполнение несложных, но интересных и полезных заданий поможет вам научиться не только читать, но и говорить по-немецки.

*Желаем вам успехов
и удовольствия от работы с нашей книгой!*

УВАЖАЕМЫЕ КОЛЛЕГИ!

Предлагаемое вашему вниманию пособие является курсом обучения чтению на немецком языке литературных текстов. Этот курс разработан автором как один из вариантов современного методического подхода к обучению чтению на иностранном языке. Особенностью данного подхода является его технологичность, обеспечивающая при последовательном выполнении предлагаемых заданий достижение желаемого результата.

Большое внимание при этом уделяется тому, чтобы обучение проходило активно, непринуждённо и с удовольствием как для учеников, так и для учителя.

К каждому тексту предлагаются практические задания для обучения чтению. Они сгруппированы в следующие рубрики.

Übungen zum Inhaltsverständnis

В эту рубрику включены задания на контроль понимания основного содержания и дальнейшее полное понимание текста. Здесь осуществляется обучение поиску и извлечению конкретной информации, что требует многократного обращения к тексту. Предлагаются задания на поиск ответов в тексте, выписывание нужной информации, группирование и размещение в логической последовательности событий, фактов, действий. Результаты выполнения этих заданий затем используются при обсуждении прочитанного.

Übungen zur Festigung des Wortschatzes

Здесь предлагаются разнообразные по форме и содержанию упражнения и задания, которые способны превратить скучное заучивание новых слов в живое и увлекательное занятие.

Übungen zur Wiederholung der Grammatik

Данная рубрика содержит задания на повторение грамматики. Если учащиеся вашей группы достаточно хорошо владеют грамматикой и не нуждаются в предлагаемых заданиях, их можно опустить.

Übungen zum Hören, Schreiben und Sprechen

Эта рубрика является завершающей. В ней предлагаются наиболее сложные задания, выполнение которых требует комплексного использования умений и навыков. В данное издание (третье, исправленное и дополненное) включены задания для аудирования (они помечены значком 🎧): ответить на вопросы, заполнить таблицу (см. ниже), расположить картинки в нужной последовательности, подобрать к картинкам ключевые слова, расположить пункты плана в нужном порядке, найти ключевые слова к каждому пункту плана.

Если уровень владения языком учащихся позволяет учителю использовать сказки исключительно как аудиотексты, то можно использовать задания, помещенные в рубрике Zum Inhaltsverständnis. В этом случае учителю необходимо предварительно «снять» определенную часть трудностей. Необходимо заранее сообщить учащимся неизвестную им тематическую, контекстуальную и языковую информацию.

В заключение учащимся предлагается составить пересказ содержания сказки.

Wer ist die Hauptperson? (Alter, Familie, Beruf)	
Wie ist die Hauptperson?	
Was macht die Hauptperson? (etw/ jmn. suchen, befreien, retten, erlösen u. a.)	
Wer hilft der Hauptperson?	
Wem hilft die Hauptperson?	
Mit wem kämpft die Hauptperson?	
Wer verfolgt die Hauptperson?	
Wie kehrt die Hauptperson nach Hause zurück?	
Was bekommt die Hauptperson als Belohnung?	
Womit endet das Märchen?	

Составление рассказа от имени одного из главных героев предлагает развитие умения трансформировать текст, используя при этом другую временную форму. Если учащиеся вашей группы пока не могут справиться с этой задачей, то задание можно опустить.

Инсценирование сказки, придумывание продолжения или написание собственной сказки позволит развить фантазию учащихся.

DIE BEIDEN MUSIKANTEN

In einem Städtchen lebten einst zwei Musikanten. Sie hießen Meister Fiedelbogen und Meister Brummbass. Beide waren gute Freunde, und jeder war bucklig. Der Freund Fiedelbogen war heiter und geduldig, Herr Brummbass aber war sehr verdrießlich.

Einst kehrte Fiedelbogen nachts heim und kam im Wald auf eine Wiese. Auf der Wiese tanzten und sangen viele Zwerge. Ihre Stimmen waren zu schwach, und Freund Fiedelbogen half ihnen mit seiner Geige Takt zur Weise zu finden. Als Lied und Tanz zu Ende waren, dankten die Zwerge zu finden dem Meister für seine Hilfe und fragten:

— Welchen Wunsch sollen wir dir erfüllen?
— Den Buckel möcht' ich gerne los sein, — sagte Meister Fiedelbogen.

Im Augenblick sprangen drei, vier Zwerglein unserem Musikanten auf den Rücken und hoben seinen Buckel ab. Im nächsten Augenblick verschwanden sie.

Frei und leicht kam Meister Fiedelbogen nach Hause. Alle im Städtchen erkannten ihn kaum. Seine Braut aber war sehr froh.

Meister Fiedelbogen erzählte alles seinem Freund Brummbass. Da ging Meister Brummbass in den Wald und fand auch die Wiese. Aber er kam zu früh und musste lange warten. Es war sehr kalt, er bekam Hunger und wurde darum sehr verdrießlich.

Endlich kamen die Zwerge und begannen froh zu tanzen und zu singen. Brummbass wurde böse und beschimpfte ihr Tanzlied. Die Zwerge fragten ihn:
— Was fehlt dir?

Er antwortete unfreundlich:
— Ach, der Buckel!

Da trugen die Zwerge Fiedelbogens Buckel schnell herbei und setzten ihn dem Meister Brummbass unter seinen alten Buckel. Das machten sie wahrscheinlich aus Rache oder aus Scherz.

Der arme Brummbass kehrte traurig heim. Nur bei seinem Freund Fiedelbogen fand er Trost und Mitleid. Alle im Städtchen spotteten über ihn, und er wanderte aus; das war am selben Tag, da Meister Fiedelbogen Hochzeit hielt.

Übungen zum Inhaltsverständnis

I. **Findet die Antworten im Text.**

1. Wie hießen die Musikanten?
2. Wie waren sie?
3. Wen traf Fiedelbogen nachts im Wald?
4. Wie dankten die Zwerge dem Meister für seine Hilfe?

Die beiden Musikanten

5. Was machte Meister Brumbass?
6. Warum wurde er sehr verdrießlich?
7. Wie reagierte er auf das Tanzlied der Zwerge?
8. Was trugen die Zwerge herbei?
9. Warum machten sie das?

II. **Stimmt das?**
1. Beide Musikanten waren gute Freunde.
2. Der Freund Fiedelbogen war sehr verdrießlich.
3. Herr Brumbass war aber heiter und geduldig.
4. Herr Brumbass hatte eine Braut.
5. Die Zwerge erfüllten Meister Fiedelbogen seinen Wunsch.
6. Er kam nach Hause ohne seinen Buckel.
7. Meister Brumbass wollte auch seinen Buckel los sein.
8. Die Zwerge spotteten aber über ihn.
9. Meister Brumbass bekam noch einen Buckel.
10. Brumbass hielt mit seiner Braut Hochzeit und Meister Fiedelbogen wanderte aus.

Übungen zur Festigung des Wortschatzes

III. Aus zweien wird eins. Setzt die Wörter zusammen.

Brumm	lied
Augen	bogen
Tanz	zeit
Fiedel	bass
Hoch	blick

IV. Jemand hat alle Buchstaben in diesen Wörtern durcheinander gewirbelt. Ordnet sie und schreibt die Wörter richtig auf.

UIMSKTAN; GWREZ; RSIMEET; SEWEI; LCBUEK; EGIEG; MIMTSE; TUBRA; NSUCWH; DUFENR.

V. Setzt die unten angegebenen Wörter richtig ein.
1. Beide waren gute Freunde und jeder war ... .
2. Es war sehr kalt, er bekam ... und wurde darum sehr ... .
3. Freund Fiedelbogen half den Zwergen mit seiner Geige ... zur ... zu finden.
4. Die Zwerge setzten ihm (Fiedelbogen) Buckel unter seinen alten Buckel. Das machten sie wahrscheinlich aus ... oder aus ... .
5. Nur bei seinem Freund Fiedelbogen fand er ... und ... .
6. Das war am selben Tag, da Meister Fiedelbogen ... hielt.

Takt, Hunger, Hochzeit, Rache, Mitleid, bucklig, Trost, verdrießlich, Scherz, Weise

VI. Übersetzt aus dem Russischen ins Deutsche.

1. Оба были горбаты.
2. Все над ним смеялись.
3. Гномы поблагодарили мастера за его помощь.
4. Однажды ночью они возвращались домой.
5. Его невеста была очень рада.
6. Все в городе едва узнали его.

Übungen zur Wiederholung der Grammatik

VII. Sucht alle Verben und tragt diese ein.

Präsens: _____
Präteritum: _____

VIII. Sucht im Text alle Präpositionen mit Dativ und Akkusativ.

Die beiden Musikanten

Übungen zum Hören, Schreiben und Sprechen

IX. Stellt Fragen zu den unterstrichenen Wörtern.
1. Einst kehrte Fiedelbogen <u>nachts</u> heim.
2. <u>Auf der Wiese</u> tanzten und sangen viele Zwerge.
3. Ihre Stimmen waren zu <u>schwach.</u>
4. Im Augenblick sprangen <u>drei</u>, <u>vier</u> Zwerglein <u>unserem Musikanten auf den Rücken</u>.
5. Da ging <u>Meister Brumbass in den Wald</u> und fand auch <u>die Wiese</u>.
6. <u>Alle</u> im Städtchen spotteten über ihn.

X. Hört euch das Märchen an und füllt die Tabelle (S. 6) aus.

XI. Hört euch das Märchen an. Macht mit allen anderen Personen in der Gruppe zusammen eine Liste mit möglichst vielen Substantiven aus diesem Märchen. Alle Substantive werden an die Tafel geschrieben. Jetzt geht es mit einer chronologischen Nacherzählung des Märchens los! Alle sitzen im Kreis und einer nach dem anderen bildet Sätze. Dabei muss das letzte Substantiv im Satz der ersten Person, das erste Substantiv im Satz der nächsten Person sein.

DIE WASSERNIXE

Ein Brüderchen und ein Schwesterchen spielten an einem Brunnen. Und wie sie so spielten, plumpsten sie beide hinein. Da war eine Wassernixe, die sprach: "Jetzt hab ich euch, jetzt sollt ihr mir brav arbeiten," — und zog sie mit sich fort.

Und das Schwesterchen musste ganz zerzausten Flachs spinnen und Wasser in ein hohles Fass schleppen und das Brüderchen sollte einen Baum mit einer stumpfen Hacke umhauen. Und nichts zu essen bekamen sie als steinhartes Brot.

Eines Sonntags ging die Nixe in die Kirche. Da liefen die Kinder davon. Als die Kirche aus war, da sah die Nixe, dass die beiden fortgelaufen waren. Sie rannte ihnen mit großen Sprüngen nach.

Die Kinder aber erblickten sie von weitem. Da warf das Schwesterchen schnell eine Bürste hinter sich. Und auf einmal stand da ein großer Bürstenberg mit tausend mal tausend Stacheln. Über den musste die Nixe mit großer Mühe klettern.

Die Wassernixe

Endlich kam sie darüber. Als die Kinder das sahen, warf das Brüderchen schnell einen Kamm hinter sich. Und auf einmal stand da ein großer Kammberg mit tausend mal tausend Zinken. Aber die Nixe konnte sich an den Zinken festhalten und kam auch darüber.

Da warf das Schwesterchen schnell einen Spiegel hinter sich. Und auf einmal stand da ein großer Spiegelberg, der war so glatt, dass die Nixe nicht darüber konnte. Da dachte sie: "Ich will geschwind nach Hause laufen und meine Hacke holen und den Spiegelberg zerhauen."

Als sie aber wiederkam und das Glas zerhaute, waren die Kinder längst weit weg. Und die Wassernixe musste sich wieder in ihren Brunnen trollen.

Übungen zum Inhaltsverständnis

I. Wählt die richtige Variante.

1. Ein Brüderchen und ein Schwesterchen spielten ...
   a. an einem Fluss.
   b. an einem Brunnen.
   c. an einem See.
2. Wer plumpste in den Brunnen?
   a. Beide plumpsten hinein.
   b. Das Schwesterchen plumpste hinein.
   c. Das Brüderchen plumpste hinein.
3. Unten im Brunnen wohnte ...
   a. eine Wassernixe.
   b. ein Frosch.
   c. ein großer Fisch.
4. Was geschah weiter?
   a. Die Kinder begannen mit der Wassernixe zu spielen.
   b. Die Wassernixe zog die Kinder mit sich fort.
   c. Die Kinder zogen die Wassernixe nach Hause.
5. Das Schwesterchen und das Brüderchen ...
   a. konnten viel schlafen und bekamen viel zu essen.

b. mussten Wasser aus dem Brunnen schleppen.
c. mussten viel arbeiten und bekamen wenig zu essen.
6. Als die Nixe in die Kirche ging, ...
   a. liefen die Kinder davon.
   b. schliefen die Kinder ein.
   c. arbeiteten die Kinder im Garten.
7. Die Kinder erblickten sie von weitem, und ...
   a. das Brüderchen warf eine Bürste hinter sich.
   b. das Schwesterchen warf eine Bürste hinter sich.
   c. das Schwesterchen warf ein Messer hinter sich.
8. Dann warf das Brüderchen ... hinter sich.
   a. einen Spiegel
   b. eine Mütze
   c. einen Kamm
9. Die Nixe konnte sich ... festhalten und kam darüber.
   a. an den Zinken
   b. am Arm
   c. an den Zweigen
10. Da warf das Schwesterchen schnell ... hinter sich.
    a. einen Spiegel
    b. eine Rose
    c. einen Apfel
11. Die Nixe konnte nicht darüber und lief ...
    a. in die Kirche.
    b. auf den Markt.
    c. nach Hause.
12. Die Nixe holte ihre Hacke und ...
    a. zerhaute das Glas.
    b. konnte das Glas nicht zerhauen.
    c. zerhaute den Stein.
13. Die Nixe ...
    a. aß die Kinder.
    b. musste sich wieder in ihren Brunnen trollen.
    c. zog die Kinder mit sich fort.

Die Wassernixe

II. **Was passt zusammen?**

1. Und wie die Kinder so spielten, ...
2. Als die Kinder das sahen, ...
3. Der Spiegelberg war so glatt, ...
4. Als die Nixe wiederkam und das Glas zerhaute, ...
5. Als die Kirche aus war, ...
   - a. warf das Brüderchen schnell einen Kamm hinter sich.
   - b. waren die Kinder längst weit weg.
   - c. plumpsten sie beide hinein.
   - d. da sah die Nixe, dass die beiden fortgelaufen waren.
   - e. dass die Nixe nicht darüber konnte.

Übungen zur Festigung des Wortschatzes

III. **Silbensalat.** Stellt aus den Silben Wörter zusammen:

Ni	(der)	cke	(die)	Zin	Brun	gel	che
ge	Kir	Was	xe	Sta	ken	(das)	
nen	chel	Ha	Sprün	ser	Spie		

IV. **Setzt die fehlenden Buchstaben (tt, pp, ll, mm, nn, ss) ein:**

So...en, gla..., beko...en, tro...en, spi...en, mü...en, re...en, kö...en, wo...en, schle...en, schne... .

V. **Findet Synonyme.**

rennen	weggehen
sich trollen	steigen
holen	ziehen
plumpsen	laufen
schleppen	fallen
klettern	bringen

VI. Welche Vorsilben und Verben passen zueinander?

Vorsilben:
fest-, um-, zer-, be-, fort-, wieder-.

Verben aus dem Märchen:
kommen, laufen, halten, hauen, ziehen.

VII. Ergänzt die Sätze mit den passenden Modalverben (*musste, konnte, sollt, will, musste, konnte, musste*).

1. Die Nixe ... nicht über den Spiegelberg.
2. Ihr ... mir brav arbeiten.
3. Das Schwesterchen .... Flachs spinnen und Wasser holen.
4. Das Brüderchen ... einen Baum umhauen.
5. Ich ... geschwind nach Hause laufen.
6. Die Nixe ... mit großer Mühe über den Bürstenberg klettern.
7. Sie ... sich an den Zinken festhalten und kam darüber.
8. Die Nixe ... sich wieder in ihren Brunnen trollen.

VIII. Übersetzt aus dem Russischen ins Deutsche.

1. Ein Brüderchen und ein Schwesterchen spielten (у колодца).
2. Eines Sonntags ging die Nixe (в церковь).
3. Ich will geschwind (домой) laufen.
4. Die Kinder erblickten sie (издали).
5. Die Wassernixe musste sich (в колодец) trollen.
6. Über den musste die Nixe (с большим трудом) klettern.

Übungen zum Hören, Schreiben und Sprechen

IX. Hört euch das Märchen an und füllt die Tabelle (S. 6) aus.

Die Wassernixe

🎧 **X. Seht euch die Bilder an und hört das Märchen. Nummeriert während des Hörens oder danach die Bilder in der richtigen Reihenfolge.**

🎧 **XI. Hört das Märchen noch einmal. Findet zu jedem Bild die passenden Schlüsselwörter und erzählt dann das Märchen nach.**

1. einen Kamm hinter sich werfen
2. zerzausten Flachs spinnen, Wasser schleppen, einen Baum umhauen
3. in den Brunnen plumpsen
4. in die Kirche gehen, fortlaufen
5. an einem Brunnen spielen
6. eine Wassernixe, die Kinder mit sich fortziehen
7. eine Bürste hinter sich werfen
8. einen Spiegel hinter sich werfen

XII. Welchem russischen Märchen ist dieses Märchen ähnlich? Worin liegt der Unterschied?

DER ZAUBERER UND SEIN LEHRJUNGE[*]

Es war einmal ein Bursche. Er wollte eine Arbeit suchen. Er kam zu einem Herrn. Dieser fragte ihn:

— Kannst du schreiben und lesen?

— O ja, sehr gut, — antwortete ihm der Bursche.

— Dann brauche ich dich nicht, — sprach der Herr. Er war ein Zauberer und hatte Angst, dass der Bursche seine Bücher lesen könnte. In diesen Büchern bewahrte er die Geheimnisse seiner Zauberei.

Der Bursche aber — er hieß Peter — war sehr schlau. Er stellte sich dumm und sagte laut:

— Wie meint Ihr, Herr? Ich habe falsch verstanden; ich kann schreien und essen. Aber schreiben und lesen? Nein, das kann ich nicht.

---

[*] der Lehrjunge = der Lehrling

Da war der Zauberer zufrieden und nahm ihn in sein Haus.

Peter war fleißig und geschickt. Heimlich lernte er alle Zaubersprüche und Hexenkünste.

Einmal las er in einem Buch einen Zauberspruch und sein Herr erwischte ihn. Der Zauberer wurde wütend. Peter verwandelte sich in eine Schwalbe und flog zum Fenster hinaus. Der Zauberer verwandelte sich in einen Geier und verfolgte die Schwalbe. Die Schwalbe sprang ins Wasser und wurde ein Fisch. Der Geier verwandelte sich nun in einen Haifisch. Peter verwandelte sich wieder in einen Vogel. So ging es lange, Peter war schon recht müde. Er war eine Taube und flog in den Garten des Kaisers.

Unten ging die Tochter des Kaisers spazieren. Da flog die Taube ihr zu Füßen. Die Prinzessin hob die Taube mitleidig auf. Da verwandelte sich Peter in einen goldenen Ring an ihrem Finger.

Der Zauberer aber wurde wieder ein Mensch und ging zum Kaiser.

— Ich kann Euch alles geben. Schenkt Ihr mir dafür den Ring Eurer Tochter.

Der Kaiser rief seine Tochter und bat sie, ihm den Ring zu schenken. Die Prinzessin wollte ihm den Ring nicht schenken. Da wurde der Kaiser böse. Er riss seiner Tochter den Ring vom Finger. Der Ring wurde zu lauter Hirsekörnern. Diese Hirsekörner rollten über den Fußboden.

Im Nu war der Zauberer eine Henne und pickte ein Körnchen nach dem anderen auf. Ein Körnchen war unter den Schuh der Prinzessin gerollt. Dieses Körnchen verwandelte sich in einen Kater und fraß die Henne mit Haut und Haar auf.

Aus dem Kater aber wurde ein schöner Jüngling. Er stellte seine Zauberkünste in des Kaisers Dienste und bekam endlich die Tochter des Kaisers zur Frau.

Übungen zum Inhaltsverständnis

I. Stimmt das?

1. Es war einmal ein Bursche, er hieß Paul.
2. Er war geschickt und schlau.
3. Er wollte eine Arbeit suchen.
4. Ein Zauberer nahm ihn in sein Haus.
5. Peter lernte heimlich alle Zaubersprüche und Hexenkünste.
6. Der Zauberer erwischte ihn und sagte: „Ich brauche dich nicht mehr!"
7. Peter verwandelte sich in eine Taube und flog zum Fenster hinaus.
8. Der Zauberer verfolgte ihn lange.
9. Peter war schon recht müde und flog in den Garten des Königs.
10. Unten ging die Tochter des Kaisers spazieren.
11. Peter verwandelte sich in einen silbernen Ring an ihrem Finger.
12. Der Zauberer verwandelte sich wieder in einen Menschen und ging nach Hause.
13. Die Tochter gab dem Kaiser ihren Ring ab.
14. Der Ring wurde zu lauter Hirsekörnern.
15. Der Zauberer wurde eine Henne und pickte alle Körner auf.

II. Was passt zusammen?

1. Der Zauberer hatte Angst, ...
2. Ich habe falsch verstanden, ...
3. Einmal las er in einem Buch einen Zauberspruch ...
4. So ging es lange, ...
5. Der Kaiser bat seine Tochter, ...
    a. ... Peter war schon recht müde.
    b. ... dass der Bursche seine Bücher lesen könnte.
    c. ... ihm den Ring zu schenken.

d. ... und sein Herr erwischte ihn.
e. ... ich kann schreien und essen.

Übungen zur Festigung des Wortschatzes

III. Schaut euch einmal diese langen Spagettiwörter an. Könnt ihr erkennen, aus welchen kurzen Wörtern sie bestehen?

IV. Findet die Gegenteile von folgenden Wörtern.

laut	faul
fleißig	richtig
böse	munter
schlau	dumm
falsch	lieb
müde	leise
klug	brav
	gut

V. Notiert alle Verben, die nach den folgenden Schemas gebildet werden.

untrennbare Vorsilbe + Stamm → bekommen
trennbare Vorsilbe ... + Stamm → auf...heben

VI. Setzt die unten angegebenen Wörter richtig ein.

1. Der Bursche stellte sich ... .
2. Da war der Zauberer ... und nahm ihn in sein Haus.

Der Zauberer und sein Lehrjunge

3. Peter war fleißig und ... .
4. ... war der Zauberer eine Henne.
5. Der Kater fraß die Henne mit ... auf.

geschickt, im Nu, dumm, Haut und Haar, zufrieden

VII. Verbindet die Wörter, die denselben Stamm haben, mit Pfeilen.

>   Lehrjunge   Fisch
> Geheimnis   Zauberer
>   Haifisch   sprechen
>   heimlich
>   Spruch   Jungling
>   Zauberei

Könnt ihr weitere passende Wörter finden? Bildet auch andere Wortfamilien.

Übungen zur Wiederholung der Grammatik

VIII. Unterstreicht alle Präpositionen plus dazugehörigen Nomen und sortiert diese nach dem Kasus.

IX. Findet im Text die Sätze mit Modalverben. Unterstreicht sie. Schreibt die Infinitivformen der Verben.

X. Sucht alle Verben im Präteritum und gebt ihre Infinitivformen an.

Übungen zum Hören, Schreiben und Sprechen

🎧 **XI. Hört euch das Märchen an und füllt die Tabelle (S. 6) aus.**

🎧 XII. Hört euch das Märchen an. In wen verwandelten sich Peter und der Zauberer? Nummeriert während des Hörens oder danach die Substantive je nachdem sie im Text vorkommen.

Der Fisch, die Henne, der Ring, die Schwalbe, das Körnchen, der Haifisch, der Kater, die Taube, der Geier, der Mensch.

XIII. Erzählt das Märchen nach.

DIE KRÖTENFRAU

Eine Witwe wollte vor dem Tod ihr Gut einem ihrer drei Söhne übergeben. Sie liebte ihre Söhne ganz gleich, darum gab sie jedem ein Bündel Flachs und sprach:
— Wer von euch das schönste gesponnene Garn zurückbringt, der soll das Gut übernehmen.
Darauf zogen die Brüder in die Welt.
Der jüngste von ihnen verirrte sich in einem großen dunklen Wald. Er kam an einen See, wanderte traurig am Ufer entlang, suchte einen Weg und fand nur viele Kröten, Frösche und andere Tiere.
Eine große Kröte sprach zu ihm:
— Warum bist du so traurig? Fürchte dich nicht vor mir!
Jetzt erzählte der Jüngste seine Geschichte. Die Kröte nahm den Flachs, sprang in den See und brachte bald das gesponnene Garn zurück.
Er bedankte sich und wollte nach Hause gehen, aber die Kröte befahl ihm, noch einmal an den See zu kommen und eine goldene Rute zu holen. Mit der Rute sollte er auf die Kröte und in das Wasser dreimal schlagen. Dann verschwand sie im See.

Der Jüngste ging mit dem Garn zur Mutter. Seine Brüder warteten schon auf ihn. Er hatte das schönste Garn und bekam das Gut.

Dann eilte er zum See und fand dort die goldene Rute. Da sah er die Kröte vor sich und schlug sie dreimal über den Rücken. Im Augenblick wurde die Kröte zur schönsten Jungfrau. Jetzt schlug er dreimal in den See, und an der Stelle des dunklen Wassers stand ein Schloss.

Der Jüngste nahm die schöne Frau an der Hand und führte sie in das Schloss. Viele Diener, Knechte, Jäger und Hirten kamen dem Jüngsten entgegen und dankten ihm für die Erlösung, denn seit dreihundert Jahren waren das Schloss und seine Bewohner durch eine Hexe verzaubert.

Bald hielt der Jüngste mit der Jungfrau Hochzeit. Er lud seine Mutter und seine Brüder ein und schenkte ihnen den Hof und noch viel Geld.

Es herrschten Glück und Freude viele Stunden lang.

Übungen zum Inhaltsverständnis

I. **Wählt die richtige Antwort.**
1. Wem wollte die Witwe ihr Gut vor dem Tod übergeben?
   a. ihren Söhnen;
   b. einem ihrer drei Söhne;
   c. ihrem jüngsten Sohn.
2. Was gab sie jedem Sohn?
   a. ein Bündel Flachs;
   b. viel Geld.
   c. zehn Taler.
3. Wohin zogen die Brüder?
   a. auf Abenteuer;
   b. in die Welt;
   c. in eine andere Stadt.

Die Krötenfrau

4. Wer verirrte sich in einem dunklen Wald?
   a. der erste Sohn;
   b. der zweite Sohn;
   c. der dritte (jüngste) Sohn.
5. Wen fand er am See?
   a. ein schönes Mädchen;
   b. viel Gold und Silber;
   c. Kröten, Frösche und andere Tiere.
6. Wer half ihm und brachte das gesponne Garn?
   a. eine Kröte;
   b. ein Frosch;
   c. ein Fisch.
7. Was befahl ihm die Kröte?
   a. zur Mutter zu gehen;
   b. noch einmal zu kommen und eine goldene Rute zu holen;
   c. in den See zu springen.
8. Was machte der Jüngste mit der goldenen Rute?
   a. Er gab sie der Kröte ab.
   b. Er schlug sich dreimal über den Rücken.
   c. Er schlug die Kröte dreimal über den Rücken und dreimal in den See.
9. Was stand jetzt an der Stelle des dunklen Wassers?
   a. ein Haus;
   b. eine Hütte;
   c. ein Schloss.
10. Durch wen waren das Schloss und seine Bewohner verzaubert?
    a. durch einen Zauberer;
    b. durch eine Hexe;
    c. durch eine Nixe.

II. Stimmt das?

1. Die Witwe liebte ihre Söhne ganz gleich.

Die Krötenfrau

2. Jeder Sohn musste das gesponnene Garn zurückbringen.
3. Der Jüngste brachte das schönste Garn und bekam das Gut.
4. Ein Frosch half ihm.
5. Er schlug den Frosch dreimal über den Rücken und im Augenblick wurde der Frosch zur schönsten Jungfrau.
6. Der Jüngste nahm die schöne Frau an der Hand und führte sie zu seiner Mutter.
7. Bald hielt der Jüngste mit der Jungfrau Hochzeit.

Übungen zur Festigung des Wortschatzes

III. Könnt ihr dieses Silbenrätsel lösen? Findet acht Wörter und schreibt sie zusammen mit ihren Begleitern.

Wit	He	Krö	we
Ru	de	Was	te
de	Stel	te	Stun
xe	Freu	le	ser

IV. Spielt Wörterdetektive: ihr habt den Auftrag aus dem Märchen alle Wörter mit doppeltem Mitlaut (zum Beispiel, ss, ll, rr, nn, tt) herauszusuchen.

V. Übersetzt aus dem Russischen ins Deutsche.

1. Вдова любила всех своих сыновей одинаково.
2. Младший сын заблудился в лесу.
3. Не бойся меня!
4. Печально бродил он вдоль берега.
5. Все благодарили его за спасение.
6. Замок и его жители были заколдованы.

Die Krötenfrau

Übungen zur Wiederholung der Grammatik

VI. Wie heißt die Einzahl?

Einzahl	Mehrzahl
der Sohn	Söhne
	Kröten
	Frösche
	Tiere
	Diener
	Knechte
	Jäger
	Hirten
	Bewohner
	Brüder

VII. Unterstreicht alle Präpositionen plus dazugehörigen Nomen und sortiert diese nach dem Kasus.

VIII. Sucht alle Verben im Präteritum und gebt ihre Infinitivformen an.

IX. Findet im Märchen die Sätze mit Modalverben. Unterstreicht sie. Schreibt die Infinitivformen der Verben.

X. Findet im Märchen die Sätze mit Reflexivverben. Unterstreicht sie. Schreibt die Infinitivformen der Verben.

Übungen zum Hören, Schreiben und Sprechen

🎧 **XI.** Hört euch das Märchen an und füllt die Tabelle (S. 6) aus.

XII. Hört euch das Märchen an. Macht mit allen anderen Personen in der Gruppe zusammen eine Liste mit möglichst vielen Substantiven aus diesem Märchen. Alle Substantive werden an die Tafel geschrieben. Jetzt geht es mit einer chronologischen Nacherzählung des Märchens los! Alle sitzen im Kreis und einer nach dem anderen bildet Sätze. Dabei muss das letzte Substantiv im Satz der ersten Person das erste Substantiv im Satz der nächsten Person sein.

XIII. Wie heißt das russische Märchen, das diesem österreichischen Märchen ähnlich ist? Worin liegt der Unterschied?

DAS MÄRLEIN* VOM ROTEN APFEL

Es war einmal eine Bäuerin. Sie hatte zwei Mädchen: eine rechte Tochter und ein Stiefkind. Die Stieftochter musste von früh bis spät arbeiten und bekam mehr Schelten und Schläge als zu essen.

Einmal führte sie das Kühlein auf die Weide und weinte bitterlich. Das Kühlein fragte sie:

— Was weinst du so?

Die Stieftochter antwortete:

— Ich bin hungrig.

Da sprach die Kuh:

— Du darfst meine Hörner abschrauben und findest dort Milch und Brot.

Das Mädchen tat so, sättigte sich und schraubte die Hörner wieder an. Seit dieser Zeit wurden das Kühlein und die Stieftochter die besten Freunde.

Das Mädchen hatte jetzt immer rote Backen und wurde heiter. Da vermutete die Stiefmutter ein Geheimnis. Sie ging also einmal mit auf die Weide, legte sich ins Gras und sah alles.

Daheim sagte die Mutter zur rechten Tochter:

---

* das Märlein (*австр.*) = das Märchen

— Wir werden das Kühlein schlachten.

Das hörte die Stieftochter und weinte bitterlich.

— Weine nicht, — tröstete die Kuh, — morgen wirst du mein Wämpchen waschen und findest einen roten Apfel. Wirf ihn auf den nächsten Baum! Dir wird nichts Böses geschehen. Lebe wohl!

Abends kam der Fleischer und schlachtete das Kühlein. Die Mutter ließ die Stieftochter das Wämpchen auswaschen. Das Mädchen ging zum Bach, wusch das Wämpchen aus, fand im Wämpchen einen roten Apfel und warf ihn auf den nächsten Baum. Da ward* aus dem Apfel der allerschönste Vogel. Der Vogel hüpfte von Ast zu Ast und sang wunderbar. Alle standen voll Verwunderung und konnten sich nicht satt hören und satt sehen.

Da kam auf einem prächtigen Schimmel der junge Königssohn geritten. Er blickte einmal dem herrlichen Vogel nach und dann nach den beiden Mädchen. Sie gefielen ihm ganz gut. In allem Ernst sprach er:

— Die mir den Vogel bringt, wird meine Braut!

Da lockten Mutter und Tochter den Vogel, aber er sprang immer höher und höher hinauf.

Die schöne Stieftochter streckte den Arm empor, und der Vogel flog ihr auf die Hand.

So wurde die brave Stieftochter eine glückliche Königsbraut.

Übungen zum Inhaltsverständnis

I. **Findet die Antworten im Text.**

1. Wieviel Töchter hatte die Bäuerin?
2. Welche Tochter musste von früh bis spät arbeiten?
3. Warum weinte die Stieftochter?
4. Wer half ihr?
5. Wer wurde ihre beste Freundin?
6. Was machte die Stiefmutter?

---

* ward (*ycmap.*) = wurde

Das Märlein vom roten Apfel

7. Was sah sie auf der Weide?
8. Was wollte sie mit dem Kühlein machen?
9. Warum weinte die Stieftochter wieder?
10. Wer tröstete sie?

II. Wer sagt was? Kreuzt an.

	die Stieftochter	die Stiefmutter	das Kühlein	der Königssohn
1.				
2.				
3.				
4.				
5.				
6.				

Übungen zur Festigung des Wortschatzes

III. Schreibt alle Komposita aus dem Märchen heraus und zerlegt diese, denkt euch neue Variationen mit den Hauptwörtern aus.

IV. Sucht alle Adjektive im Märchen und sortiert sie. Welche Adjektive sind aus Nomen gebildet?

V. Setzt die unten angegebenen Wörter richtig ein.

1. Die Stieftochter musste ... arbeiten.
2. Sie bekam mehr ... als zu essen.
3. Das Mädchen hatte jetzt immer rote ... .
4. Wir werden das Kühlein ... .
5. Der Vogel hüpfte ... und sang wunderbar.
6. Alle standen voll ... und konnten nicht ... hören.

von Ast zu Ast, Schelten und Schläge, Verwunderung, von früh bis spät, Backen, schlachten, satt

Das Märlein vom roten Apfel

VI. Wörterdomino.

Bei diesem Spiel müsst ihr die Steine so miteinander verbinden, dass aus je zwei Silben Wörter entstehen. Kennzeichnet mit Pfeilen, in welcher Reihenfolge die Steine aneinander gelegt werden müssen. Wie heißen die Wörter, die ihr gefunden habt?

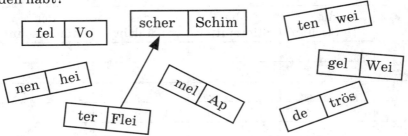

VII. Übersetzt aus dem Russischen ins Deutsche.

1. Падчерица должна была работать с утра до позднего вечера.
2. С этого времени они стали лучшими друзьями.
3. Девочка горько заплакала.
4. Я голодна.
5. Девочка утолила голод.
6. Мачеха заподозрила что-то.

Übungen zum Hören, Schreiben und Sprechen

VIII. Stellt Fragen zu den unterstrichenen Satzgliedern (Fragewörter: *was, wer, wohin, wen, wem*).

1. Abends kam <u>der Fleischer</u> und <u>schlachtete</u> das Kühlein.
2. Die Mutter ließ die Tochter <u>das Wämpchen</u> auswaschen.
3. Sie fand im Wampchen einen roten <u>Apfel</u>.
4. Da ward aus dem Apfel der allerschönste <u>Vogel</u>.

Das Märlein vom roten Apfel

5. Da kam auf einem prächtigen Schimmel der junge <u>Königssohn</u> geritten.
6. <u>Die beiden Mädchen</u> gefielen ihm ganz gut.
7. In allem Ernst sprach der Königssohn: "<u>Die mir den Vogel bringt, wird meine Braut!</u>"
8. Da lockten <u>Mutter und Tochter</u> den Vogel.
9. Die schöne <u>Stieftochter</u> strecke den Arm empor.

IX. Rollenspiel: Ein Gespräch zwischen der Stieftochter und dem Kühlein.

🎧 **X.** Hört euch das Märchen an und füllt die Tabelle (S. 6) aus.

XI. Schreibt das Märchen aus der Sicht der Stiefmutter neu.

Ich hatte zwei Mädchen: eine rechte Tochter und ein Stiefkind. Das Stiefkind hatte ich nicht gern, ich schlug und schalt es...

DER GOLDKÄPPLER*

Es war einmal ein Schuster. Eines Tages saß er bei seiner Arbeit am Fenster. Ab und zu schaute er durch das Fenster auf die Straße. Da kam ein Mädchen her. Es verkaufte schöne Äpfel.

— Schätzle**, komm doch her, ich will auch welche kaufen! — schrie der Schuster.

Er besah alle Äpfel und zahlte für drei wunderschöne Äpfel einen Kreuzer. Die Äpfel legte er in das Fenster.

---

* der Goldkäppler — der Mann, der immer eine goldene Kappe trägt.
** Schätzle (*австр.*) — уменьшительно-ласкательная форма от der Schatz

Der Goldkäppler

Plötzlich erschienen kecke Fliegen und setzten sich auf die wunderschönen Äpfel. Der Schuster nahm seine Lederkappe und schlug auf einmal zehn Fliegen zu Tode.

Stolz ging er zu einem Goldschmied, gab ihm seine Lederkappe und sagte:

— Setzt mir auf die Kappe schön in Goldbuchstaben diese Worte: "Zehn auf einen Streich erschlagen!"

Dann nahm er Abschied von seiner Schusterwerkstatt, nannte sich jetzt stolz "Goldkäppler" und zog auf Abenteuer in die Welt.

Einst legte sich der Goldkäppler am Fuße eines Berges in das Gras und schlief gemütlich ein. Auf diesem Berg stand ein Grafenschloss. Der Schlossherr saß am Fenster und blickte bekümmert in die Ferne. In den Wäldern seiner Grafschaft hauste lange schon ein fürchterliches Einhorn. Es verwüstete alle Felder und stach Menschen, Zug - und Weidetiere nieder. Alle hatten Angst vor ihm.

Plötzlich bemerkte der Graf den Schuster und las auf der Kappe goldene Worte: "Zehn auf einen Streich erschlagen!"

Der Schlossherr lief hoffnungsfreudig zu unserem Goldkäppler, erzählte ihm das schwere Leid und bat ihn das Einhorn zu töten.

Wagemutig nahm der Schuster einen scharfen Sabel und ging in den Wald. Alsbald sprang das Einhorn wütend auf ihn los. Der Goldkäppler versteckte sich hinter einer starken Tanne, das Einhorn stach heftig sein Horn in den Stamm und blieb wie festgenagelt stecken. Mit einem Hiebe schlug der Schuster dem Einhorn dann den Kopf ab, ging aufs Schloss, bekam viel Geld und ward in Kürze noch des Grafen Schwiegersohn.

Übungen zum Inhaltsverständnis

I. **Stimmt das?**

1. Es war einmal ein Schuster.
2. Eines Tages saß er im Garten.

3. Da kam eine alte Frau her. Sie verkaufte Äpfel.
4. Der Schuster kaufte drei wunderschöne Äpfel und zahlte drei Kreuzer.
5. Plötzlich erschienen kecke Fliegen und setzten sich auf die Äpfel.
6. Der Schuster nahm seine Lederkappe und schlug auf einmal zwanzig Fliegen zu Tode.
7. Der Goldschmied setzte ihm auf die Kappe in Silberbuchstaben die Worte: "Zehn auf einen Streich erschlagen!"
8. Der Schuster zog auf Abenteuer in die Welt.
9. Einst kam er zu einem Grafenschloss.
10. In den Wäldern der Grafschaft hauste ein fürchterlicher Wolf.
11. Der Schuster schlug dem Wolf den Kopf ab und bekam viel Geld.
12. In Kürze ward er des Grafen Schwiegersohn.

II. Was passt zusammen?

1. Er besah alle Äpfel und ...
2. Dann nahm er Abschied von seiner Schusterwerkschaft und ...
3. Einst legte sich der Goldkäppler am Fuße eines Berges ins Gras und ...
4. Plötzlich bemerkte der Graf den Schuster und ...
5. Wagemutig nahm der Schuster einen scharfen Säbel und ...
6. Das Einhorn stach heftig sie Horn in den Stamm und ...

   a. ... ging in den Wald.
   b. ... zahlte für drei wunderschöne Äpfel einen Kreuzer.
   c. ... las auf der Kappe goldene Worte: "Zehn auf einmal erschlagen!"

d. ... zog auf Abenteuer in die Welt.
e. ... blieb wie festgenagelt stecken.
f. ... schlief gemütlich ein.

Übungen zur Festigung des Wortschatzes

III. Aus zweien oder dreien wird eins. Setzt die Wörter zusammen.

Schuster Schwieger Grafen tier herr Leder Weide buch Gold käppler werk sohn statt Zug stabe schloss kappe

IV. Sucht im Text alle zusammengesetzten Adjektive. Aus welchen Wortarten stammen sie?

V. Im folgenden Buchstabenfeld sind zehn Wörter aus diesem Märchen versteckt. Sucht von links nach rechts, rechts nach links, oben nach unten, unten nach oben. Markiert die Wörter mit einem Farbstift.

S	Ä	B	E	L	N	B	Z	O	K
I	S	V	C	G	R	A	S	T	A
L	C	T	U	V	O	W	C	N	P
R	H	S	R	M	H	Z	H	M	P
E	U	B	Z	O	N	L	L	W	E
G	S	T	Q	A	I	N	O	Z	S
E	T	A	N	N	E	K	S	V	A
I	E	U	R	G	D	I	S	H	B
L	R	W	J	S	W	F	A	R	G
F	A	P	S	T	R	E	I	C	H

VI. Welche Vorsilben und Verben passen zueinander?

Hier warten schon einige Vorsilben.

Hier sind einige Verben aus dem Märchen.

stecken, schlafen, stechen, schlagen, zählen, kaufen, sehen, scheinen, merken, springen, kommen

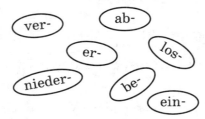

VII. Setzt die unten angegebenen Wörter richtig ein

1. ... schaute er auf die Straße.
2. Der Schuster schlug ... zehn Fliegen ... .
3. Dann nahm er ... von seiner Schusterwerkschaft.
4. Alle hatten ... vor ihm.
5. Der Graf erzählte ihm das schwere ... .
6. Mit einem ... schlug der Schuster dem Einhorn den Kopf ab.

Angst, ab und zu, Abschied, Hiebe, Leid, zu Tode, auf einmal

Übungen zur Wiederholung der Grammatik

VIII. Übersetzt aus dem Russischen ins Deutsche.

1. Die Fliegen setzten sich (на яблоки).
2. Der Schuster legte sich (в траву).
3. (В лесах) seiner Grafschaft hauste ein fürchterliches Einhorn.
4. Der Schuster saß (у окна).
5. Der Schuster schaute (через окно на улицу).
6. Das Einhorn stach heftig sein Horn (в ствол).
7. Der Schuster zog auf Abenteuer (по свету).

Der Goldkäppler

IX. Sucht alle Verben und tragt diese ein.

Präsens:
Präteritum:
Partizip II:

Übungen zum Hören, Schreiben und Sprechen

🎧 X. Hört euch das Märchen an und füllt die Tabelle (S. 6) aus.

🎧 XI. Hört euch das Märchen an. Macht mit allen anderen Personen in der Gruppe zusammen eine Liste mit möglichst vielen Substantiven aus diesem Märchen. Alle Substantive werden an die Tafel geschrieben. Jetzt geht es mit einer chronologischen Nacherzählung des Märchens los! Alle sitzen im Kreis und einer nach dem anderen bildet Sätze. Dabei muss das letzte Substantiv im Satz der ersten Person das erste Substantiv im Satz der nächsten Person sein.

DIE GLÜCKLICHEN BRÜDER

Es lebte einmal eine arme Witwe. Sie hatte drei Söhne. Alle miteinander wohnten sie in einer Hütte und besaßen nur eine Ziege.

Eines Tages kam die Frau in den Stall, dort lag die Ziege erstarrt und war tot.

Die arme Frau jammerte laut:

— Nun muss ich mit meinen Kindern verhungern!

— Sie beschloss, sich mit ihren drei Söhnen zu ertrinken.

Sie ging mit den Kindern zum Fluss und wollte gerade den jüngsten Sohn hineinwerfen. Da erschien aus den Wellen eine Nixe. Die Nixe sprach zu ihr:

— Was willst du mit deinen Kindern tun?

Die Mutter erzählte weinend der Nixe ihre traurige Geschichte. Da hatte die Nixe Mitleid mit ihr und sagte:

Die glücklichen Brüder

— Ich schenke jedem deiner Söhne etwas. Das wird ihnen Glück bringen.

Die Mutter dankte der Nixe für ihre Güte. Die Nixe schenkte dem ältesten Sohn einen Fasshahn. Aus diesem Fass floss der köstlichste Wein. Dem zweiten Sohn gab sie eine Saattasche. Diese Tasche war immer voll Samen. Aus diesen Samen wuchsen blanke Taler heraus. Der jüngste Sohn bekam ein Schwert. Dieses Schwert konnte hundert Köpfe auf einmal abschlagen.

Nun waren sie glücklich, kauften sich ein Haus, aßen vom Besten und tranken Wein. Dann starb die Mutter. Die Söhne mochten nicht mehr im Hause bleiben und wanderten miteinander in die Fremde.

Nach einiger Zeit kamen sie in ein fremdes Land. Der König dieses Landes war in großer Not. Zwei Nachbarkönige bedrohten ihn mit Krieg. Er aber hatte wenig Soldaten und kein Geld. Die drei Söhne hörten das und gingen zum König, um ihm zu helfen.

Der erste Sohn säte Taler. Der König bekam eine ganze Schatzkammer von Geld, kaufte Soldaten und Proviant für sie.

Der zweite Sohn gab den Soldaten seinen Wein. Sie tranken Wein und wurden tapfer.

Der dritte Sohn führte die Armee in den Krieg. Sein Schwert schlug auf einmal hundert Köpfe ab. Da war der Krieg natürlich bald zu Ende.

Der König war froh. Er gab jedem der Brüder einen Teil seines Reiches und eine Tochter zur Frau.

Übungen zum Inhaltsverständnis

I. Was folgt worauf? Macht eine Textrekonstruktion.

○ Eines Tages kam die Frau in den Stall, dort lag die Ziege erstarrt und war tot.

Die glücklichen Brüder

- ○ Nach einiger Zeit kamen sie in ein fremdes Land.
- ○ Sie beschloss sich mit ihren drei Söhnen zu ertrinken.
- ○ Es lebte eine arme Witwe. Sie hatte drei Söhne.
- ○ Dann starb die Mutter und die Söhne wanderten miteinander in die Fremde.
- ○ Der König gab jedem der Brüder einen Teil seines Reiches und eine Tochter zur Frau.
- ○ Alle miteinander wohnten sie in einer Hütte und besaßen nur eine Ziege.
- ○ Der König dieses Landes war in großer Not.
- ○ Die Nixe schenkte dem ältesten Sohn einen Fass, dem zweiten Sohn gab sie eine Saattasche und der jüngste Sohn bekam ein Schwert.
- ○ Die Frau ging mit den Kindern zum Fluss und wollte gerade den jüngsten Sohn hineinwerfen.
- ○ Der König hatte wenig Soldaten und kein Geld.
- ○ Die drei Söhne hörten das und gingen zum König, um ihm zu helfen.
- ○ Zwei Nachbarkönige bedrohten ihn mit Krieg.
- ○ Da war der Krieg natürlich bald zu Ende.
- ○ Der erste Sohn säte Taler, der zweite gab den Soldaten seinen Wein, der dritte führte die Armeen in den Krieg.

Übungen zur Festigung des Wortschatzes

II. Findet Synonyme.

jammern	an Hunger sterben
haben	besitzen
wandern	weinen
tun	machen
verhungern	gehen
	ziehen

Die glücklichen Brüder

III. Silbensalat. Je zwei Silben gehören zusammen. Welche sind es? Verbindet sie mit einem Strich.

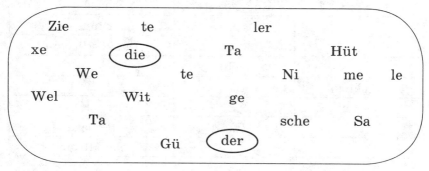

IV. Hier seht ihr lauter Wörter, in denen die Selbstlaute (гласные) und Umlaute fehlen. Versucht zu erraten, was sie bedeuten.

Stll, Flß, Mtld, Glck, Wn, Schwrt, Kng, Krg, Sldtn, Prvnt, Tl, Rch, Tchtr.

V. Welche Vorsilben und Verben passen zueinander?

Vorsilben	Verben
be-, heraus-, hinein-, ab-	warten, sitzen, schließen, werfen, wachsen, schlagen, drohen

Übungen zur Wiederholung der Grammatik

VI. Übersetzt aus dem Russischen ins Deutsche.

1. Alle miteinander wohnten sie (в хижине).
2. Eines Tages kam die Frau (в хлев).
3. Sie ging (с детьми) (к реке).
4. Die drei Söhne gingen (к королю).
5. Der dritte Sohn führte die Armee (на войну).
6. Da erschien (из волн) eine Nixe.

VII. Vervollständigt die folgende Tabelle.

Positiv	Komparativ	Superlativ
...	...	der jüngste
...	...	der köstlichste
...	mehr	...
glücklich	...	...
tapfer	...	...
...	...	der beste
...	...	der älteste

VIII. Ergänzt die Sätze mit den passenden Modalverben (*konnte, wollte, willst, muss, mochten*).
1. Nun ... ich mit meinen Kindern verhungern.
2. Die arme Frau ... gerade den jüngsten Sohn hineinwerfen.
3. Was ... du mit deinen Kindern tun?
4. Die Söhne ... nicht mehr im Hause bleiben.
5. Dieses Schwert ... hundert Köpfe auf einmal abschlagen.

Übungen zum Hören, Schreiben und Sprechen

IX. Stellt Fragen zu den unterstrichenen Wörtern.
1. Sie hatte <u>drei</u> Söhne.
2. Alle miteinander wohnten sie <u>in einer Hütte</u> und besaßen <u>nur eine Ziege</u>.
3. Eines Tages kam die Frau <u>in den Stall</u>, dort lag <u>die Ziege</u> erstarrt und war <u>tot</u>.
4. Sie ging <u>mit den Kindern zum Fluß</u>.
5. Da erschien aus den Wellen <u>eine Nixe</u>.
6. Die Mutter erzählte weinend <u>der Nixe</u> ihre traurige <u>Geschichte</u>.
7. Die Mutter dankte <u>der Nixe</u> für ihre Güte.

Die glücklichen Brüder

8. Die Nixe schenkte <u>dem ältesten Sohn</u> einen <u>Fasshahn</u>.
9. Nun waren sie <u>glücklich</u>, kauften sich ein <u>Haus</u>, aßen <u>vom Besten</u> und tranken <u>Wein</u>.
10. Die Söhne wanderten miteinander <u>in die Fremde</u>.

🎧 X. Hört euch das Märchen an und füllt die Tabelle (S. 6) aus.

🎧 XI. Hört euch das Märchen an. Ordnet die Punkte des Planes je nach dem Inhalt des Märchens.
- ○ Die Brüder wandern in die Fremde.
- ○ Die Geschenke der Nixe.
- ○ Die Brüder helfen dem König.
- ○ Die Witwe geht zum Fluß und trifft dort eine Nixe.
- ○ Die Mutter und die Söhne sind glücklich.
- ○ Die Witwe und ihre Söhne.

🎧 XII. Hört das Märchen noch einmal, findet die passenden Schlüsselwörter zu jedem Punkt des Planes und erzählt dann das Märchen nach.

DIE STERNTALER

Es war einmal ein kleines Mädchen, dem waren Vater und Mutter gestorben, und es war so arm, dass es kein Kämmerchen mehr hatte, darin zu wohnen, und kein Bettchen mehr, darin zu schlafen, und endlich gar nichts mehr als die Kleider auf dem Leib und ein Stückchen Brot in der Hand, das ihm ein mitleidiges Herz geschenkt hatte. Es war aber gut und fromm. Und weil es so von aller Welt verlassen war, ging es im Vertrauen auf den lieben Gott hinaus ins Feld.

Da begegnete ihm ein armer Mann, der sprach:

— Ach, gib mir etwas zu essen, ich bin so hungrig.

Es reichte ihm das ganze Stückchen Brot und sagte:

Die Sterntaler

— Gott segne dir's*, — und ging weiter.
Da kam ein Kind, das jammerte und sprach:
— Es friert mich an meinem Kopfe, schenk mir etwas, womit ich ihn bedecken kann.
Da tat es seine Mütze ab und gab sie ihm.
Und als es noch eine Weile gegangen war, kam wieder ein Kind und hatte kein Leibchen an und fror; da gab es ihm seins.
Und noch weiter, da bat eins um ein Röcklein und das gab es auch von sich hin.
Endlich gelangte es in einen Wald und es war schon dunkel geworden, da kam noch eins und bat um ein Hemdlein und das fromme Mädchen dachte: "Es ist dunkle Nacht, da sieht dich niemand, du kannst wohl dein Hemd weggeben", und zog das Hemd ab und gab es auch noch hin.
Und wie es so stand und gar nichts mehr hatte, fielen auf einmal die Sterne vom Himmel und waren lauter harte, blanke Taler; und ob es gleich sein Hemdlein weggegeben**, so hatte es ein neues an, und das war vom allerfeinsten Linnen. Da sammelte es sich die Taler hinein und war reich für sein Lebtag.

Übungen zum Inhaltsverständnis

I. Was ist richtig, was ist falsch?

1. Das kleine Mädchen hatte keinen Vater und keine Mutter.
2. Es hatte kein Haus und kein Bett.
3. Das arme Mädchen ging zu ihrer Oma.
4. Zuerst begegnete ihm ein kleines Kind, dann ein armer Mann und wieder ein Kind.
5. Das fromme Mädchen schenkte ihnen sein Brot und sein Kleid.

---
* Gott segne dir's. — Благослови тебя Бог.
** und ob es gleich sein Hemdlein weggegeben — и хотя она отдала свою рубашонку

6. Endlich gelang es in einen Wald, wo ihm ein böser Wolf begegnete.
7. Das Mädchen schenkte dem Wolf sein Hemd.
8. Da fielen die Sterne vom Himmel, es waren lauter blanke Rubel.
9. Das Mädchen bekam auch ein neues Hemd vom allerfeinsten Linnen.
10. Es sammelte sich die Taler hinein ind wurde reich.

II. Wer sagt was? Kreuzt an.

	das Mädchen	ein armer Mann	das erste Kind	das zweite Kind	das dritte Kind
1.					
2.					
3.					
4.					

III. Was passt zusammen?

1. Es war einmal ein armes Mädchen,
2. Es war so arm,
3. Und weil es so von aller Welt verlassen war,
4. Ach, gib mir etwas zu essen,
5. Schenk mir etwas,
6. Endlich gelangte es in einen Wald,
7. Und wie es so stand und gar nichts mehr hatte,
   a. womit ich meinen Kopf bedecken kann.
   b. fielen auf einmal die Sterne vom Himmel.
   c. dass es kein Kämmerchen und kein Bettchen mehr hatte.
   d. ich bin so hungrig.
   e. dem waren Vater und Mutter gestorben.
   f. und es war schon dunkel geworden.
   g. ging es im Vertrauen auf den lieben Gott ins Feld.

Die Sterntaler

Übungen zur Festigung des Wortschatzes

IV. Spielt Zauberer! Macht die großen Dinge klein.

1. Ein Brot wird ein ... .
2. Eine Kammer wird ein ... .
3. Ein Stück wird ein ... .
4. Ein Bett wird ein ... .
5. Ein Leib wird ein ... .
6. Ein Hemd wird ein ... .
7. Ein Rock wird ein ... .

V. Findet in diesem Wortfeld acht Wörter aus dem Märchen. Sucht von links nach rechts und von oben nach unten.

B	G	F	S	T	E	R	N	H	G
H	M	Ü	T	Z	E	I	M	V	O
I	U	R	L	E	B	T	A	G	T
M	I	B	H	E	R	Z	L	M	T
M	T	A	L	E	R	U	F	W	J
E	G	F	R	D	S	M	B	F	W
L	T	R	C	X	W	E	L	T	G

VI. Findet das Gegenteil.

gut	weich
fromm	groß
arm	grob
hart	hell
klein	böse
hungrig	warm
kalt	reich
dunkel	satt
fein	unfromm

VII. **Übersetzt aus dem Russischen ins Deutsche.**

1. Звёзды упали с неба.
2. Девочка была бедная, но добрая и благочестивая.
3. У девочки умерли родители.
4. У девочки не было ни комнатки, ни кроватки.
5. Я голоден и замёрз.
6. Наконец девочка добралась до леса.

Übungen zur Wiederholung der Grammatik

VIII. **Vervollständigt die folgendende Tabelle.**

Infinitiv	Imperfekt	Partizip II
...	...	gestorben
...	fiel	...
...	zog	...
...	...	geschenkt
...	...	verlassen
...	ging	...
...	begegnete	...
...	sprach	...
...	reichte	...
...	kam	...
...	jammerte	...
bedecken	...	...
...	fror	...
...	gab	...
...	tat	...
...	gelangte	...
...	...	geworden
...	dachte	...

Die Sterntaler

Übungen zum Hören, Schreiben und Sprechen

🎧 **IX.** Hört euch das Märchen an und füllt die Tabelle (S. 6) aus.

🎧 **X.** Seht euch die Bilder an und hört das Märchen an. Nummeriert während des Hörens oder danach die Bilder in der richtigen Reihenfolge.

🎧 XI. Hört das Märchen noch einmal an. Findet zu jedem Bild die passenden Schlüsselwörter und erzählt dann das Märchen nach.
1. kein Leibchen anhaben, frieren
2. ein Mädchen, arm, fromm, die Eltern, sterben, kein Kämmerchen, hinaus ins Feld gehen, j-m begegnen, hungrig sein, ein Stück Brot, reichen
3. in einen Wald gelangen, um ein Hemdlein bitten, weggeben, abziehen
4. frieren, die Mütze
5. gar nichts mehr haben, die Sterne, vom Himmel, fallen, lauter harte Taler, ein neues Hemdlein anhaben, sich die Taler hineinsammeln, reich für sein Lebtag sein
6. um ein Röcklein bitten, von sich hingeben

🎧 XII. Inszeniert das Märchen.

DIE KATZENMÜHLE

Es lebte einmal ein Mann, seine Frau war gestorben und er wollte seinem Töchterlein wieder eine Mutter geben. Er heiratete noch einmal. Seine zweite Frau aber war eine Witwe und hatte zwei Töchter. Für die Tochter ihres Mannes hatte sie nur böse Worte und Schläge. Die beiden Stiefschwestern schlugen auch das arme Mädchen.

Eines Tages sagte die Stiefmutter dem Mädchen:

— Unser Feuer ist ausgegangen. Du musst in die Katzenmühle gehen, um Glut zu holen!

Das Mädchen bekam Angst, in der Mühle waren seltsame Wesen mit menschlichem Leibe und Katzenköpfen. Es musste sich aber auf den Weg machen.

Das Mädchen kam zur Mühle und klopfte an die Tür. Die Katzen fragten:

— Was willst du denn?

— Meine lieben Frauen, — sagte das Mädchen, — bei uns ist das Feuer ausgegangen, meine Stiefmutter hat mich hergeschickt, um Glut zu holen!

Die Katzen ließen das Mädchen ein und führten es zur alten Katze.

— Du bekommst Feuer, aber zuerst musst du mir die Läuse vom Kopf suchen!

Die oberste Katze hatte einen großen Kopf, in ihrem Haar wimmelte es von Kröten, Schlangen, Mäusen und Ottern. Sie bissen das Mädchen, aber es fürchtete sich nicht.

— Hast du etwas gefunden, mein Kind? — fragte die oberste Katze.

— Nicht viel, nur einige Läuse und Nissen, — sprach das Mädchen.

— Du bist fleißig und folgsam, ich will dir etwas schenken, — sagte die Katze und holte einen Beutel voll Gold und Silber.

Die Stieftochter kehrte heim und brachte nicht nur die Glut, sondern auch noch viel Gold und Silber.

Da schickte die Stiefmutter schon am nächsten Tag ihre ältere Tochter zur Katzenmühle.

Die ältere Tochter klopfte an die Tür.

— Wer ist denn draußen? — riefen die Katzen.

— Fragt nicht so viel! Lasst mich ein, ich will Feuer haben! — rief das Mädchen. Da öffneten sie die Tür und führten die ältere Tochter zur Alten.

— Zuerst musst du mir die Läuse absuchen, dann bekommst du das Feuer, — sagte die Katzenalte.

— Was glaubst du denn, ich soll dir Läuse suchen, du, üble Katze! — rief das Mädchen unwillig. Such dir selbst dein Ungeziefer!

Darauf rief die Alte ihre Katzen:

— Zerreißt sie!

Die Katzen zerrissen sie im Nu.

Die ältere Tochter kam nicht heim. Da schickte die Mutter ihre zweite Tochter nach. Die Katzen zerrissen sie ebenso.

Nun kamen beide Töchter nicht heim, und die Stiefmutter machte sich selbst auf den Weg. Sie kam zur Katzenmühle, klopfte an die Tür:

— Ihr verfluchten Katzen, wie könnt ihr meine Töchter zerreißen?

Die Katzenmühle

Jetzt töteten die Tiere auch sie.
Von da an lebten Vater und Tochter wieder allein. Einmal fuhr ein Graf des Weges, er sah das schöne Mädchen, trat vor den Vater und sprach:
— Gebt mir Eure Tochter zur Frau!
Der Vater sagte sogleich zu, sie verkauften das Häuschen und bald hielten sie Hochzeit.

Übungen zum Inhaltsverständnis

I. Findet die Antworten im Text.

1. Warum heiratete der Mann noch einmal?
2. Wieviel Töchter hatte seine zweite Frau?
3. Liebte sie ihre Stieftochter?
4. Wohin schickte die Stiefmutter das Mädchen?
5. Warum hatte das Mädchen Angst?
6. Was musste das Mädchen der obersten Katze tun, um Feuer zu bekommen?
7. Was schenkte ihm die Katze?
8. Was geschah mit der ersten und der zweiten Tochter?
9. Warum töteten die Katzen auch die Stiefmutter?
10. Was geschah weiter mit der Stieftochter?

II. Welche Antwort passt zu welcher Frage?

1. "Was willst du denn?"
2. "Hast du etwas gefunden mein Kind?"
3. "Wer ist denn draußen?"
4. "Was glaubst du denn, ich soll dir Läuse suchen!"
   a. "Nicht viel, nur Läuse und Nissen."
   b. "Zerreißt sie!"
   c. "Meine lieben Frauen, bei uns ist Feuer ausgegangen, meine Stiefmutter hat mich hergeschickt, um Glut zu holen."
   d. "Fragt nicht so viel! Lasst mich ein, ich will Feuer haben!"

Die Katzenmühle

III. Wer sagt was? Kreuzt an.

	die Stiefmutter	die Katze	die ältere Tochter	der Graf
1.				
2.				
3.				
4.				
5.				

Übungen zur Festigung des Wortschatzes

IV. Schreibt alle Komposita aus dem Text heraus und zerlegt diese, bildet neue Variationen mit den Hauptwörtern aus.

V. Welche Vorsilben und Verben passen zusammen?

Hier sind einige Vorsilben.

aus-, ein-, zer-, her-, heim-, ab-, zu-

Hier warten schon einige Verben.

gehen, kommen sagen, lassen, schicken, reißen, suchen

VI. Versucht die Buchstaben zu Wörtern zusammenzusetzen, schreibt diese Wörter auf die Linien.

1. _____ 2. _____ 3. _____ 4. _____

G T L U   L B E U E T   E S E N W   H Ü M E L

Die Katzenmühle

```
5. _____    6. _____    7. _____    8. _____
                                          B L R
   A R A      E G U N       B I             I S
   H          E F Z R       E L           E
              I E
```

VII. Setzt die unten angegebenen Wörter richtig ein.

1. Für die Tochter ihres Mannes hatte sie nur böse ... und ... .
2. Die Katzen zerrissen sie ... .
3. ... lebten Vater und Tochter zusammen.
4. In ihrem Haar ... es von Kröten, Schlangen, Mäusen und Ottern.
5. Sie ... das Mädchen.
6. In der Mühle waren seltsame ... mit menschlichem Leibe und Katzenköpfen.

im Nu, bissen, von da an, Wesen, Worte, wimmelte, Schläge

VIII. Übersetzt aus dem Russischen ins Deutsche.

1. Девочка испугалась.
2. Она отправилась в путь.
3. Мачеха послала девочку на мельницу.
4. Кошка подарила девочке мешок серебра и золота.
5. Обе дочери не вернулись домой.
6. Они скоро сыграли свадьбу.

Übungen zur Wiederholung der Grammatik

IX. Ergänzt die Sätze mit den passenden Modalverben (*wollte, musst, willst, will, könnt, soll, musst*).

1. Du ... in die Katzenmühle gehen, um Glut zu holen!
2. Du bekommst Feuer, aber zuerst ... du mir die Läuse vom Kopf suchen!
3. Lasst mich ein, ich ... Feuer haben!

4. Er ... seinem Töchterlein wieder eine Mutter geben.
5. Wie ... meine Töchter zerreißen?
6. Du bist fleißig und folgsam, ich ... dir etwas schenken.
7. Was glaubst du denn, ich ... dir Läuse suchen, du, üble Katze!

X. Wie heißt die Einzahl?

Einzahl	Mehrzahl
die Laus	Läuse
	Schlangen
	Mäuse
	Ottern
	Schläge
	Katzen
	Worte
	Wesen

XI. Vervollständigt die folgende Tabelle.

die erste Form des Imperativs	die 2. Form	die 3. Form
Such!	...	...
...	Zerreißt!	...
...	Fragt!	...
...	Lasst ein!	...
...	Gebt!	...

Übungen zum Hören, Schreiben und Sprechen

XII. Hört euch das Märchen an und füllt die Tabelle (S. 6) aus.

Die Katzenmühle

XIII. Stellt Fragen zu den unterstrichenen Satzgliedern (Fragewörter: *wohin, wann, wen, wie viele, wer, was*).

1. Er wollte seinem Töchterlein wieder eine Mutter geben.
2. Er heiratete noch einmal.
3. Seine zweite Frau war eine Witwe.
4. Sie hatte zwei Töchter.
5. Die Stiefmutter schickte am nächsten Tag ihre ältere Tochter zur Katzenmühle.
6. Einmal fuhr ein Graf des Weges.

🎧 XIV. Hört euch das Märchen an. Macht mit allen anderen Personen in der Gruppe zusammen eine Liste mit möglichst vielen Substantiven aus diesem Märchen. Alle Substantive werden an die Tafel geschrieben. Jetzt geht es mit einer chronologischen Nacherzählung des Märchens los! Alle sitzen im Kreis und einer nach dem anderen bildet Sätze. Dabei muss das letzte Substantiv im Satz der ersten Person das erste Substantiv im Satz der nächsten Person sein.

XV. Inszeniert das Märchen.

DAS SCHIMMELCHEN

Einem armen Kleinhäuslerssohne waren die Eltern gestorben. Er musste hinaus in die Welt, sich sein Brot zu suchen.

Eines Tages ritt er durch den Wald und kam zu einem hohlen Baume. Dort saß eine alte Frau und rührte Butter.

Er grüßte sie freundlich, und die Alte fragte ihn:

— Hast du Zeit? Kannst du mir helfen? Ich werde dich dafür recht gut belohnen.

Das Schimmelchen

— Zeit habe ich genug, — sagte der Jüngling und machte sich an die Arbeit.

Jetzt war die Butter fertig und die Alte sprach:

— Dort im Gebüsch steht ein Häuschen, in dem Häuschen findest du ein Schimmelchen. Ich schenke es dir zum Lohne.

Freudig bedankte sich der Jüngling, setzte sich auf das Schimmelchen und ritt davon.

Eine Weile später begann das Schimmelchen zu sprechen:

— Lieber Junge, in der Stadt, im Gasthaus "Zur goldenen Rose" findest du dein Glück.

Der Junge wunderte sich, dass das Schimmelchen sprechen konnte, folgte aber dem Rat.

Im Gasthaus kroch das Schimmelchen wie ein Hündchen unter den Tisch.

— Nein, nein, es werden Tiere in Menge geschossen werden*, — rief das Schimmelchen.

Diese Worte hörte ein königlicher Diener.

Er fragte:

— Woher kommt diese Stimme?

— Sieh, da unter den Tisch, mein Schimmelchen hat gesprochen, — antwortete der Junge.

Der Diener ging nach Hause und erzählte dem König von dem Schimmelchen. Der König wunderte sich sehr, dass das Schimmelchen reden konnte.

— Nun gut, — sagte er, — so wollen wir sehen, ob es wahr gesprochen hat.

Viele Gäste nahmen an der Jagd teil und erlegten eine große Menge Wild.

Jetzt dachte der König: "Wahrscheinlich kann das Schimmelchen sagen, was meiner Tochter fehlt." Die Königstochter war krank und niemand konnte sie heilen.

Da schickte der König den Diener in das Gasthaus, um das Schimmelchen zu holen. Das Schimmelchen ging gerne mit. Der König führte es in das Zimmer der Tochter.

---

* es werden Tiere in Menge geschossen werden — будет убито много животных

— Weißt du, was mir fehlt? — fragte die Königstochter.
— O ja, du leidest an einer Gemütskrankheit.
Die Prinzessin lachte, und der König sprach zu dem Schimmelchen:
— Wer kann meiner Tochter helfen?
— Dort im Gasthof, — antwortete das Schimmelchen, weilt ein Junge. Wenn die Königstochter ihn sieht, wird sie wieder gesund.
Gleich schickte der König nach dem Jüngling. Die Königstochter erblickte den schönen Jüngling und wurde plötzlich gesund.
Bald darauf heiratete die Königstochter den Jüngling. Nicht lange überlebte der alte König die fröhliche Hochzeit. Er starb und der Häuslerssohn wurde König des Landes.

Übungen zum Inhaltsverständnis

I. **Stimmt das?**

1. Einem armen Kleinhäuslerssohne waren die Eltern gestorben.
2. Er musste hinaus in die Welt, sich sein Brot zu suchen.
3. Eines Tages ritt er durch den Wald und sah ein graues Männlein unter einem hohlen Baum sitzen.
4. Der Jüngling half der alten Frau Butter rühren und bekam ein Schimmelchen zum Lohne.
5. Das Schimmelchen konnte sprechen.
6. Der Jüngling ritt in die Stadt ins Gasthaus "Zur silbernen Rose".
7. Im Gasthaus war ein königlicher Diener.
8. Der Diener erzählte dem König von dem Schimmelchen.
9. Der König lud den Jüngling zur Jagd ein.
10. Die Königstochter war krank und niemand konnte sie heilen.

Das Schimmelchen

11. Die Königstochter erblickte den schönen Jüngling und wurde plötzlich gesund.
12. Der Jüngling bekam einen Teil des Königsreiches zum Lohne.

II. **Wer sagt was? Kreuzt an.**

	die Alte	das Schimmelchen	der Jüngling	der König
1.				
2.				
3.				
4.				
5.				
6.				
7.				
8.				
9.				
10.				

III. **Was passt zusammen?**

1. Der König wunderte sich, ...
2. Der Diener erzählte dem Jungen, ...
3. Wahrscheinlich kann es sagen, ...
4. Wenn die Königstochter ihn sieht, ...
5. Wollen wir sehen, ...

   a. dass am nächsten Tag eine große Jagd stattfindet.
   b. ob er wahr gesprochen hat.
   c. dass das Schimmelchen sprechen konnte.
   d. wird sie wieder gesund.
   e. was meiner Tochter fehlt.

IV. **Welche Antwort passt zu welcher Frage?**

1. Hast du Zeit?
2. Woher kommt diese Stimme?

3. Weißt du, was mir fehlt?
4. Wer kann meiner Tochter helfen?
   a. O ja, du leidest an einer Gemütskrankheit.
   b. Dort im Gasthaus weilt ein Junge. Wenn die Königstochter ihn sieht, wird sie wieder gesund.
   c. Zeit habe ich genug.
   d. Sieh da unter den Tisch, mein Schimmelchen hat gesprochen.

Übungen zur Festigung des Wortschatzes

V. Was passt zusammen? Bildet Komposita und denkt euch neue Variationen mit den Hauptwörtern aus. Nennt ihre Artikel.

Häuslers   Königs   Gemüts
        zeit   Gast   haus
                tochter   sohn
    Hoch   krankheit

VI. Findet in diesem Wortfeld 10 Wörter. Sucht von links nach rechts, von oben nach unten und von unten nach oben.

R	F	G	W	I	L	D	F	T	S
A	R	D	N	M	S	A	G	C	O
T	O	R	K	S	T	I	M	M	E
L	S	U	B	Z	X	Y	L	E	N
G	E	B	Ü	S	C	H	K	N	R
F	S	M	Q	W	Z	K	M	G	E
D	I	E	N	E	R	C	W	E	T
M	L	K	D	S	V	Ü	M	W	T
O	P	Q	R	S	T	L	H	B	U
N	J	A	G	D	O	G	S	T	B

Das Schimmelchen

VII. Ergänzt die Sätze mit den unten angegebenen Verben.

1. Dort saß eine alte Frau und ... Butter.
2. Ich werde dich dafür recht gut ... .
3. Die Gäste ... eine Menge Wild.
4. Niemand konnte die Prinzessin ... .
5. Du ... an einer Gemütskrankheit.
6. Der Junge ... dem Rat.

erlegten, rührte, leidest, belohnen, folgte, heilen

VIII. Übersetzt aus dem Russischen ins Deutsche.

1. Юноша принялся за работу.
2. Конёк умел говорить.
3. Принцесса сразу выздоровела.
4. Король послал слугу в гостиницу за юношей.
5. Я дарю тебе конька в награду.
6. Юноша сел на конька и ускакал.

Übungen zur Wiederholung der Grammatik

IX. Sucht alle Verben und vervollständigt die Liste.

Präteritum	Infinitiv
...	helfen
saß	...
...	...

Übungen zum Hören, Schreiben und Sprechen

X. Hört euch das Märchen an und füllt die Tabelle (S. 6) aus.

XI. Stellt den Plan der Nacherzählung zusammen.

XII. Erzählt das Märchen nach. Gebraucht dabei die folgenden Schlüsselwörter.

der Kleinhäuslerssohn, sterben, die Eltern, hinaus in die Welt, reiten, Butter rühren, helfen, belohnen, das Schimmelchen, die Stadt, das Gasthaus, der Diener, die Jagd, stattfinden, Tiere in Menge schießen, sich wundern, krank sein, heilen, schicken, holen, führen, fehlen, leiden, die Prinzessin, erblicken, gesund werden, heiraten, die Hochzeit, sterben, der König.

DIE SCHWARZEN UND DIE WEIßEN STEINE

Ein Gärtner hatte zwei Söhne und eine Tochter. Sie liebten sich, spielten miteinander im Garten, pflückten Blumen und wanden Kränze daraus.

Nicht weit von ihnen auf einem Büchl* wohnte ein Einsiedler. Die Geschwister besuchten ihn oft und brachten ihm Blumen und Früchte.

Einmal, es war gerade im Frühling, da waren die Kinder wieder beim Einsiedler oben. Dort erblickten sie einen wunderschönen Berg.

— Wir müssen auch einmal hinauf, — sagten sie dem Einsiedler. Aber er schüttelte den Kopf und sagte:

— Nein, nein, liebe Kinder, wer da hinaufgeht, kommt nicht mehr zurück.

---
* das Büchl (*австр.*) — ein kleiner Hügel

Die Kinder aber waren neugierig. Der ältere Bruder sagte zu seinen Geschwistern:

— Ich reite hinauf. Ich komm' schon wieder zurück!

Die Geschwisterchen waren damit einverstanden und sahen ihm lange, lange nach. Sie warteten ein paar Tage, aber er kam nicht wieder.

Da wurden sie traurig, und der jüngere Bruder sagte:

— Ich reite hinauf, mein Rösslein ist stark, bald bin ich auf der Höhe oben.

Da fing das Mädchen zu weinen an.

— Tröste dich, — antwortete der jüngere Bruder, — ich werde schon wiederkommen und auch unseren Bruder mitbringen.

Doch das Mädchen weinte noch lauter.

— Gut, — sagte der Knabe, — ich muss fort, aber ich lege mein Messer auf den Tisch. Wenn es gleich bleibt, geht es mir gut. Wenn du Blut auf dem Messer siehst, so geht es mir schlecht.

Mit diesen Worten ritt er davon.

Aufmerksam betrachtete das Mädchen das Messer. Ein paar Tage blieb es gleich, aber bald sah das Mädchen Blut auf dem Messer. Es hatte keine Ruhe mehr, ohne seine Brüder wollte das Mädchen nicht leben.

Vorerst ging es zum Einsiedler hinauf und erzählte ihm alles.

— Ja, ja, geh den Brüderchen nach, aber schau dich nicht um, — sagte er.

Das Mädchen ging weiter. Bald war es am Fuße des Berges. Der Weg wurde immer schwerer, das Mädchen hörte wunderbare Stimmen, aber schaute sich nicht um. Glücklich hatte es die Höhe erreicht. Da stand ein uraltes Schloss.

— Ach, wo sind meine lieben Brüderchen? — rief das Mädchen.

Es war aber totenstill. Um das Schloss herum lagen viele schwarze und weiße Steine. Im Schlosstore stand ein großer Krug mit Wasser.

Die schwarzen und die weißen Steine

— Tu begießen, tu begießen!* — sang ein Vögelein auf dem Tor. Da nahm das Mädchen den Krug und goss das Wasser über die schwarzen und weißen Steine aus.

Gleichzeitig verwandelten sie sich in Menschen und Pferde, auch die beiden Brüderchen mit ihren Pferden waren darunter.

Das Mädchen wollte sie herzen und küssen, da sang der Vogel:

— Wirst sehen, wirst sehen!

Das Mädchen sah einen großen Pudel. Er hatte einen Bund Schlüssel in der Schnauze.

— Nimm weg, nimm weg! — sang jetzt der Vogel. Das Mädchen nahm den Schlüsselbund. Gleichzeitig stand statt des Pudels ein schöner Jüngling vor ihm und sprach:

— Du hast uns erlöst. Wir hatten gegen Arme ein Herz wie Stein und wurden deswegen in Stein verwandelt. Dein Mut und deine schwesterliche Liebe haben uns gerettet. Alles hier gehört zum Lohne dir.

Und das Mädchen wurde des Jünglings Braut und Besitzerin des Schlosses und lebte dort mit seinen Brüdern viele Jahre in Glück und Freude.

Übungen zum Inhaltsverständnis

I. Wählt die richtige Antwort.

1. Ein Gärtner hatte ...
   a. zwei Söhne.
   b. zwei Töchter.
   c. zwei Söhne und eine Tochter.
2. Sie liebten sich, spielten miteinander ...
   a. im Garten.
   b. im Hof.
   c. im Wald.

---
* Tu begießen! = Begieße!

3. Nicht weit von ihnen auf einem Büchl wohnte ...
   a. ein Schlossherr.
   b. ein Bauer.
   c. ein Einsiedler.
4. Einmal waren die Kinder beim Einsiedler oben und erblickten ...
   a. ein wunderschönes Schloss.
   b. einen wunderschönen Berg.
   c. eine wunderschöne Burg.
5. ... sagte zu seinen Geschwistern: "Ich reite hinauf."
   a. Der ältere Bruder.
   b. Der jüngere Bruder.
   c. Die Schwester.
6. Die Geschwister warteten ein paar Tage auf ihn, aber er ...
   a. zog in die Welt hinaus.
   b. kam nicht wieder.
   c. kehrte nur im Winter zurück.
7. Der jüngere Bruder legte ... auf den Tisch und ritt davon.
   a. sein Messer.
   b. seinen Stock.
   c. sein Schwert.
8. Das Mädchen betrachtete das Messer, ein paar Tage blieb es gleich, aber bald sah das Mädchen ... auf dem Messer.
   a. Wasser;
   b. Wein;
   c. Blut.
9. Das Mädchen ging den Brüderchen nach und kam zu ...
   a. einem alten Häuschen.
   b. einem uralten Schloss.
   c. einer uralten Burg.
10. Um das Schloss lagen ...
    a. viele Goldhaufen.
    b. viele weiße und schwarze Steine.
    c. viele schwarze Steine.

Die schwarzen und die weißen Steine

11. Das Mädchen goss das Wasser über die weißen und die schwarzen Steine aus und sie verwandelten sich in ...
    a. Menschen.
    b. Menschen und Pferde.
    c. Vögel und Tiere.
12. Das Mädchen sah einen großen Pudel, das war ein verzauberter ...
    a. Jüngling.
    b. König.
    c. Kaiser.
13. Das Mädchen wurde des Jünglings ...
    a. Schwester.
    b. Braut.
    c. Mutter.

II. Wer sagt was? Kreuzt an.

	der jüngere Bruder	der ältere Bruder	der Einsiedler	der Jüngling
1.				
2.				
3.				
4.				
5.				
6.				
7.				
8.				

Übungen zur Festigung des Wortschatzes

III. **Verbindet die stammverwandten Wörter mit Pfeilen.**

begießen   Gärtner   Schlosstor   Liebe
    Schlüsselbund   Garten   Glück
Geschwister   jung   glücklich   lieben
    Jüngling   ausgießen   lieb
Schlüssel   schwesterlich   Schloss

IV. Spielt Zauberer, macht die kleinen Dinge wieder groß:

Ein Schwesterchen wird eine Schwester.
Ein Rösslein wird ein ... .
Ein Brüderchen wird ein ... .
Die Geschwisterchen werden die ... .
Ein Vögelein wird ein ... .

Könnt ihr große Dinge klein machen?

Eine Blume wird ein ... .
Ein Messer wird ... .
Ein Pferd wird ein ... .
Ein Schlüssel wird ... .

V. Silbensalat. Stellt aus den Silben Wörter zusammen.

(der)	Ein	Stei	(die)	Früh	
Pu	Blu	Kna		Mes	sied
ser	be	Was	Schnau	Stim	
Früch		ling	del	me	ze
me	be	te	ler	ser	(das)

VI. Setzt die unten angegebenen Wörter richtig ein.

1. Die Kinder ... Blumen und ... Kränze daraus.
2. Nicht weit von ihnen wohnte ein ... .
3. Die Kinder aber waren ... .
4. Die Geschwisterchen waren damit ... .
5. Das Mädchen hatte keine ... mehr.
6. Es war aber ... .

Einsiedler, totenstill, neugierig, wanden, Ruhe, einverstanden, pflückten

VII. Übersetzt aus dem Russischen ins Deutsche.

1. Они превратились в людей и лошадей.
2. Девочка хотела их прижать к сердцу и расцеловать.

3. Ты нас спасла.
4. Она жила со своими братьями много лет в радости и счастье.
5. Без своих братьев она не хотела жить.
6. Она ждала его несколько дней.

Übungen zur Wiederholung der Grammatik

VIII. **Vervollständigt die folgende Tabelle:**

die 1. Form des Imperativs	die 2. Form	die 3. Form
Geh!	Geht!	Gehen Sie!
Nimm!	...	...
Reite!	...	...
Tröste dich!	...	...
Schau um!	...	...
Tu!	...	...

IX. **Bildet die Sätze im Präsens.**

1. Er, sein Messer, auf den Tisch, legen
2. Das Mädchen, auf dem Messer, sehen, Blut, bald
3. Es, am Fuße, sein, des Berges
4. Nicht weit, ein Einsiedler, auf einem Büchl, wohnen, von ihnen
5. Der Pudel, einen Bund, haben, in der Schnauze, Schlüssel
6. Die Kinder, im Garten, spielen, miteinander

Übungen zum Hören, Schreiben und Sprechen

X. **Stellt Fragen zu den unterstrichenen Satzgliedern (Fragewörter:** *was, wohin, wie lange, bei wem, wie, zu wem, in wen, mit wem*).

1. Die Kinder waren wieder <u>beim Einsiedler</u> oben.
2. Die Kinder waren <u>neugierig</u>.

3. Sie warteten ein paar Tage.
4. Ich lege mein Messer auf den Tisch.
5. Vorerst ging das Mädchen zum Einsiedler hinauf.
6. Da nahm das Mädchen den Krug.
7. Gleichzeitig verwandelten sie sich in Menschen und Pferde.
8. Das Mädchen wurde des Jünglings Braut.
9. Es lebte dort mit seinen Brüdern viele Jahre in Glück und Freude.
10. Das Mädchen wollte sie herzen und küssen.

🎧 **XI. Hört euch das Märchen an und füllt die Tabelle (S. 6) aus.**

XII. Stellt den Plan der Nacherzählung zusammen, findet die Schlüsselwörter zu jedem Punkt des Planes und erzählt das Märchen nach.

DAS ALMOSEN

Ein armer Bettler ging einmal im Dorfe betteln und kam zur Frau Blaschek. Aber sie war geizig und gab ihm nicht einmal ein Stückchen Brot. Da ging der Bettler fort und trat in die Nachbarhütte zur Frau Jan. Sie war eine gute und barmherzige Frau. Sie nahm den Kindern zwei Stückchen Brot vom Munde, schenkte sie dem Bettler und sagte:

— Gott gebe Euch etwas Besseres! Ich bin arm und habe nichts anderes in der Hütte.

— Bezahl's Euch Gott, liebe Frau! Was Ihr heute zu tun beginnt, das sollt Ihr bis zum Sonnenuntergang tun.

— Gottes Dank für den Segen, — erwiderte die Frau. Sie verstand aber nicht recht, was er gesagt hatte. Dann ging der Bettler fort.

Nun war aber schon Mittag vorüber, und die Kinder weinten und wollten essen. Frau Jan wusste nicht, was sie tun sollte. Sie hatte nur zwanzig Ellen Leinwand, das war ihr ganzes Vermögen. Sie nahm das Stück aus dem Kasten, um einige Ellen dem Krämer zu verkaufen. Sie maß sechs Ellen herab und nahm die Schere, da bemerkte sie, dass der Rest so groß war, als vorher das ganze Stück. Die Frau legte die Schere weg und maß fort ohne Ende bis zum Sonnenuntergang. Aus ihren zwanzig Ellen hatte sie tausend gemessen. Voll Freude dankte sie Gott. Am anderen Tag war Jahrmarkt in der Stadt, die Frau trug ihre Leinwand hin und verkaufte sie. Frau Jan brachte verschiedene Dinge heim und außerdem noch einen Beutel voll Geld. Bald darauf kaufte sie zwei Kühe, ein Stück Feld und Wiese, nahm Dienstboten auf, lobte Gott und arbeitete.

Dieses Glück gefiel der Blaschek nicht, und sie fragte, wie denn alles gekommen sei.* Die Jan erzählte ihr alles getreulich vom Bettler. Da sprach sie:

— Liebe Gevatterin, sollte Euch der Bettler wieder einmal besuchen, sagt ihm, er möge auch zu mir kommen.**

Eine Woche darauf ging der Bettler durchs Dorf und kam wieder zu der Jan. Die liebe Frau dankte ihm, bewirtete und beschenkte ihn. Dann bat sie ihn, ihre Gevatterin zu besuchen. Der Bettler versprach, zu ihr zu gehen.

Er kam zur Frau Blaschek, sie strich Butter auf das Brot ihrer Kinder. Sie sah ihn, riss den Kindern das Brot vom Munde weg und gab es dem Bettler.

— Bezahl's Euch Gott, — sagte der Bettler, — und was Ihr zu tun beginnt, das sollt Ihr bis zum Sonnenuntergang tun.

Darauf ging er fort.

Die Blaschek wollte ihre Leinwand schon messen. Da wollten die Kinder trinken, und sie selbst bekam einen ungeheuren Durst. Sie lief schnell zum Brunnen, holte eine Kanne, lief um eine zweite, eine dritte, eine vierte, eine zehnte, und

---

* wie denn alles gekommen sei — как это все случилось

** sollte Euch der Bettler wieder einmal besuchen, sagt ihm, er möge auch zu mir kommen — если нищий придёт к вам снова, скажите ему, пусть он придёт и ко мне

Das Almosen

so trug sie unaufhörlich und unnötig Wasser bis zum Untergang der Sonne.

Übungen zum Inhaltsverständnis

I. Findet die Antworten im Text.

1. Wer ging einmal im Dorfe betteln?
2. Zu wem kam er?
3. Wie war diese Frau?
4. In wessen Hütte trat er dann?
5. Was schenkte ihm Frau Jan?
6. Verstand sie, was der Bettler gesagt hatte?
7. Was begann sie dann zu tun?
8. Wo verkaufte sie ihre Leinwand?
9. Was brachte sie heim und was kaufte sie?
10. Wem erzählte die Jan vom Bettler?
11. Was machte die Blaschek, als der Bettler zu ihr kam?
12. Was wollte die Blaschek tun?
13. Warum lief sie zum Brunnen?
14. Wie lange trug sie Wasser?

II. Was passt zusammen?

1. Was Ihr heute zu tun beginnt, ...
2. Sie verstand aber nicht recht, ...
3. Frau Jan wusste nicht, ...
4. Da bemerkte sie, ...
5. Die Blaschek fragte, ...
6. Liebe Gevatterin, sagt ihm, ...
   a. was er gesagt hatte.
   b. wie denn alles gekommen sei.
   c. das sollt Ihr bis zum Sonnenuntergang tun.
   d. dass der Rest so groß war, als vorher das ganze Stück.
   e. er möge auch zu mir kommen.
   f. was sie tun sollte.

Übungen zur Festigung des Wortschatzes

III. Aus zweien oder dreien wird eins. Setzt die Wörter zusammen. Nennt ihre Artikel.

Nachbar   wand   Jahr   bote
unter   Sonnen   hütte   Lein
markt   Dienst   gang

IV. Welche Vorsilben und Verben passen zueinander?

Hier sind einige Vorsilben.

fort-, heim-, weg-, be-, ver-, herab-, ge-, auf-

Hier warten schon einige Verben.

nehmen, gehen, bringen, messen, legen, fallen, suchen, sprechen, wirten, schenken

V. Jemand hat alle Buchstaben in diesen Wörtern durcheiander gewirbelt. Ordnet sie und schreibt die Wörter richtig ein.

OFRD; ÄMKRRE; TLERBTE; ESNGE; RSECEH; SOMAELN; AKESTN; ETRS; ELDF; TBUELE

VI. In diesen Wörtern fehlen die doppelten Mitlaute mm, ll, tt, ss, nn. Vervollständigt diese Wörter.

Go..., vo..., Bru...en, be...eln, Mi...ag, Ka...e, me...en, E...en, Geva...erin, So...e, beko...en, be...er, Hü...e, Bu...er, Wa...er.

VII. Sucht im Text alle zusammengesetzten Adjektive. Aus welchen Wortarten stammen sie?

Das Almosen

VIII. Übersetzt aus dem Russischen ins Deutsche.
1. В городе была ярмарка.
2. Она работала до захода солнца.
3. Она очень хотела пить.
4. Мама намазала масло на хлеб.
5. Нищий пообещал пойти к госпоже Блашек.
6. Она поблагодарила его.

Übungen zur Wiederholung der Grammatik

IX. Sucht im Text alle Infinitive mit "zu" und ohne "zu".

Übungen zum Hören, Schreiben und Sprechen

X. Stellt Fragen zu den unterstrichenen Wörtern.
1. Sie lief zum Brunnen.
2. Die Frau strich Butter auf das Brot ihrer Kinder.
3. Die Kinder wollten essen.
4. Bald darauf nahm sie Dienstboten auf.
5. Aus ihren zwanzig Ellen hatte sie tausend gemessen.
6. Sie maß fort ohne Ende bis zum Sonnenuntergang.

XI. Hört euch das Märchen an und füllt die Tabelle (S. 6) aus.

XII. Hört euch das Märchen an. Macht mit allen anderen Personen in der Gruppe zusammen eine Liste mit möglichst vielen Substantiven aus diesem Märchen. Beginnt jetzt mit der Nacherzählung des Märchens an. Alle sitzen im Kreis und einer nach dem anderen bildet Sätze. Dabei muss das letzte Substantiv im Satz der ersten Person das erste Substantiv im Satz der nächsten Person sein.

DER ARME UND DER REICHE

Es waren einmal zwei Brüder, der eine war sehr reich, der andere sehr arm.

Einmal bewachte der Arme für seinen reichen Bruder die Garben auf dem Felde. Plötzlich sah er eine weiße Frau. Sie las Ähren. Der Arme fasste sie bei der Hand und fragte:

— Wer bist du, und was tust du da?

— Ich bin deines Bruders Glück und lese die verlorenen Ähren auf.

— Ich bitte dich, wo ist denn mein Glück? — fragte der Arme.

— Gegen Osten, — sagte die Frau und verschwand.

Eines Tages am frühen Morgen ging der Arme in die Welt, um sein Glück zu suchen. Unvermutet sprang hinter dem Herde die Not hervor. Sie weinte und bat den Armen, sie mitzunehmen.

— O, meine Liebe, — sagte der Arme, — du bist zu schwach und der Weg ist lang. Aber ich habe hier ein leeres Fläschchen, mache dich klein, krieche hinein, und ich werde dich tragen.

Die Not kroch in das Fläschchen, und der Arme verschloss es gut. Unterwegs kam er zu einem Sumpf, nahm das Fläsch-

Der Arme und der Reiche

chen aus der Tasche und steckte es in den Schlamm; so ward er die Not los.

Nach einiger Zeit kam er in eine große Stadt, dort fand er einen Herrn. Für diesen Herrn musste er einen Keller graben.

— Lohn werde ich dir keinen geben, — sagte der Herr, — aber das, was du beim Graben findest, soll dir gehören.

Der Arme begann zu graben und fand einen Klumpen Gold, gab doch seinem Herrn die Hälfte und grub weiter. Endlich fand er eine eiserne Tür und öffnete sie. Da war ein unterirdisches Gewölbe und darin ein ungeheurer Reichtum. Plötzlich hörte er aus einer Truhe eine Stimme:

— Öffne, mein Herr, öffne mir!

Er hob den Deckel in die Höhe, und aus der Truhe sprang eine schöne Jungfrau hervor und sagte:

— Ich bin dein Glück. Du hast mich lange gesucht. Von nun an werde ich mit dir sein und mit deiner Familie!

Die Frau verschwand, und er teilte seinen Reichtum wieder mit seinem Herrn.

Seit dieser Zeit wurde er von Tag zu Tag immer reicher, tat aber den Armen viel Gutes.

Eines Tages ging er in der Stadt spazieren und begegnete seinem Bruder. Er nahm ihn mit nach Hause und erzählte ihm alles. Dann gab er dem Bruder viel Geld und seiner Frau und den Kindern viele Geschenke.

Aber sein Bruder beneidete ihn um sein Glück. Auf der Heimreise kam er zu jenem Sumpf, fand im Schlamm das Fläschchen und öffnete es.

Im selben Augenblick sprang die Not heraus; sie tanzte freudig, umarmte und küsste ihn:

— Du hast mich aus meinem Gefängnis befreit. Dafür werde ich dir dankbar sein, dir und deiner Familie bis zum Tode; nie werde ich euch verlassen!

Von nun an konnte er die Not nicht loswerden. Unterwegs überfielen ihn Räuber und nahmen seine Waren, Geld und Geschenke weg. Statt seines Hauses fand er einen Haufen Schutt und Asche. Sein Feld stand im Wasser.

So blieb dem neidischen Reichen nichts als — die Not.

Übungen zum Inhaltsverständnis

🎧 **I. Wählt die richtige Variante.**

1. Es waren einmal ...
   a. drei Brüder.
   b. zwei Schwestern.
   c. zwei Brüder.
2. Einmal bewachte der Arme für seinen reichen Bruder ...
   a. die Garben auf dem Feld.
   b. die Äpfel im Garten.
   c. Kühe auf der Wiese.
3. Plötzlich sah er eine Frau. Das war ...
   a. seines Bruders Not.
   b. seines Bruders Glück.
   c. seines Bruders Freude.
4. Eines Tages ging der Arme in die Welt, ...
   a. um sich sein Brot zu suchen.
   b. um seine Familie zu finden.
   c. um sein Glück zu suchen.
5. Unterwegs traf er ...
   a. seine Not.
   b. seinen Bruder.
   c. sein Glück.
6. Er steckte das Fläschchen mit der Not ...
   a. in den Schlamm.
   b. in den hohlen Baum.
   c. in den Sack.
7. Nach einiger Zeit kam er in eine Stadt und musste für einen Herrn ...
   a. eine Grube graben.
   b. ein Loch graben.
   c. einen Keller graben.
8. Er begann zu graben und fand ...
   a. einen Klumpen Gold.
   b. einen Klumpen Silber.
   c. eine Kiste.

9. Endlich fand er ein unterirdisches Gewölbe. Aus einer Truhe sprang eine schöne Jungfrau herauf. Das war ...
   a. seine Frau.
   b. seine Tochter.
   c. sein Glück.
10. Von nun an wurde er ...
    a. reich.
    b. wieder arm.
    c. unglücklich.
11. Eines Tages ging er spazieren und begegnete ...
    a. seiner Not.
    b. seinem Bruder.
    c. seinem Vater.
12. Der Bruder beneidete ihn um sein Glück und auf der Heimreise fand er das Fläschchen im Sumpf und öffnete es, da sprang ... aus.
    a. das Glück.
    b. die Freude.
    c. die Not.
13. Von nun an konnte er die Not nicht ...
    a. vergessen.
    b. loswerden.
    c. verlassen.

II. Wer sagt was? Kreuzt an.

	der Arme	die Not	das Glück	der Herr
1.				
2.				
3.				
4.				
5.				
6.				
7.				

III. Was passt zusammen?

1. Eines Tages ging der Arme in die Welt, ...
2. Die Not weinte und bat den Armen ...
3. Der Arme begann ...
4. Eines Tages ging er ...
   a. sie mitzunehmen.
   b. in der Stadt spazieren.
   c. um sein Glück zu suchen.
   d. zu graben und fand einen Klumpen Gold.

Übungen zur Festigung des Wortschatzes

IV. Findet das Gegenteil.

früh	reich
voll	wenig
lang	stark
viel	leer
arm	traurig
schwach	spät
freudig	kurz

V. Findet Synonyme.

tun	einen Spaziergang machen
spazieren	öffnen
aufmachen	lesen
weinen	begegnen
sammeln	machen
treffen	jammern

Der Arme und der Reiche

VI. Welche Vorsilben und Verben passen zueinander?

Hier sind einige Vorsilben.   Hier sind einige Verben.

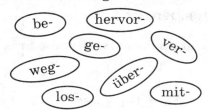

neiden, springen, wachen, lassen, fallen, nehmen, werden, hören, schließen

VII. Jemand hat alle Buchstaben in diesen Wörtern durcheinander gewirbelt. Ordnet sie und schreibt die Wörter richtig auf.

ONT; ÜLCGK; SMFUP; MACMSHL; ONHL; TUERH; SONTE; RÄNHE; ARGNEB; ELLKRE; HREED

VIII. Übersetzt aus dem Russischen ins Deutsche.

1. День ото дня он становился все богаче.
2. Вместо своего дома он нашел кучу пепла.
3. Он делал бедным много добра.
4. Его брат завидовал ему из-за его счастья.
5. С тех пор он не мог избавиться от нужды.
6. По пути на него напали разбойники.

Übungen zur Wiederholung der Grammatik

IX. Ergänzt den richtigen Artikel (eine, einen, ein, einer, eine, eines).

1. Plötzlich sah er ... weiße Frau.
2. ... Tages ging der Arme in die Welt.
3. Ich habe hier ... leeres Fläschchen.
4. Nach einiger Zeit kam er in ... große Stadt.
5. Plötzlich hörte er aus ... Truhe ... Stimme.
6. In der Stadt fand er ... Herrn.

X. Findet im Text die Sätze, wo die Verben im Präsens, im Futurum und im Perfekt stehen.

Übungen zum Hören, Schreiben und Sprechen

XI. Hört euch das Märchen an und beantwortet die Fragen.
1. Wie waren die Brüder?
2. Was machte der Arme einmal auf dem Feld?
3. Wen sah er?
4. Was machte die Frau?
5. Wer war sie?
6. Wo war des Armen Glück?
7. Wohin ging der Arme?
8. Wer sprang plötzlich hinter dem Herde hervor?
9. Was wollte die Not?
10. Wohin steckte der Arme das Fläschchen mit der Not?

XII. Stellt Fragen zu den unterstrichenen Satzgliedern.
1. Nach einiger Zeit kam der Arme in eine große Stadt.
2. Dort fand er einen Herrn.
3. Für diesen Herrn musste er einen Keller graben.
4. Er begann zu graben und fand einen Klumpen Gold.
5. Endlich fand er eine eiserne Tür.
6. Er hörte eine Stimme.
7. Aus der Truhe sprang eine schöne Jungfrau hervor.
8. Seit diesem Tag wurde er immer reicher.
9. Eines Tages begegnete er seinem Bruder.
10. Aber sein Bruder beneidete ihn um sein Glück.

XIII. Hört euch das Märchen an und füllt die Tabelle (S. 6) aus.

XIV. Stellt den Plan der Nacherzählung zusammen, findet die Slüsselwörter zu jedem Punkt des Planes und erzählt das Märchen nach.

DER VERLORENE STRÄHN

Einmal war eine Bäuerin. Sie hatte zwei Töchter, eine rechte und eine Stieftochter. Die arme Stieftochter stand bei Sonnenaufgang auf und begann zu arbeiten, ihre Stiefschwester aber schlief noch lange auf der Ofenbank.

Eines Tages musste die Stieftochter Strähne waschen, aber ein Strähn fiel ins Wasser, und der Bach trug ihn davon.

Voll Angst und Kummer eilte sie nach. Sie lief immer weiter, plötzlich stand ein Mann vor ihr. Er hatte zwei Köpfe. Zuerst erschrak sie, aber freundlich fragte sie den Mann:

— Mein lieber Vater, habt ihr keinen Strähn gesehen?

Der Mann mit zwei Köpfen sagte:

— Liebes Dirndl*, ich habe keinen gesehen.

Voll Sorge lief sie weiter am Bache entlang. Sie traf wieder einen Mann, er hatte sogar drei Köpfe.

— Mein lieber Vater, habt ihr keinen Strähn gesehen? — fragte sie diesen Mann, doch erhielt sie wieder zur Antwort:

---

* das Dirndl (*диал.*) = das Mädchen

— Liebes Dirndl, ich habe keinen gesehen.
So eilte sie weiter.

Nach kurzer Zeit traf sie einen Mann mit vier Köpfen, er konnte ihr auch nicht helfen, dann traf sie einen mit fünf Köpfen; und das ging so weiter. Endlich traf sie einen Mann mit zwölf Köpfen. Er wusste auch nichts von dem Strähn. Sie war sehr traurig, denn es wurde schon dunkel.

Zum Glück sah sie ein Haus am Bach. Vor dem Haus stand eine Frau. Das Mädchen ging zu ihr und sprach:

— Meine liebe Mutter, habt ihr keinen Strähn gesehen?

— Siehst du nicht, ich fische ihn heraus, — antwortete die Frau.

Das Mädchen freute sich und bat um eine Nachtherberge.

— Du kannst bleiben, — sagte die Frau, — was möchtest du denn essen?

— Nur ein bisschen Erbsenbrei, — sagte das Mädchen bescheiden.

Es bekam aber Milch und Brot.

Nach dem Essen fragte die Frau:

— Wo möchtest du denn schlafen?

— Ein Saunest ist genug für mich, — sagte das Mädchen, — und es durfte in einem Federbett schlafen.

Am Morgen wollte die Stieftochter nach Hause gehen. Da sprach die Frau:

— Willst du nach Hause auf einem Stock oder auf einem Schimmel reiten?

— Ein Stock reicht für mich, — entgegnete sie, doch sie bekam einen schönen Schimmel.

Sie ritt durch den Wald und begegnete einem Hündlein. Das Hündlein bellte:

— Hau, hau, goldene Frau!

Sie kam zu Hause an und war von oben bis unten voll Gold.

Die andere Tochter sah das und wollte auch Strähne waschen. Sie ging an den Bach, warf einen Strähn ins Wasser und ging ihm nach.

Der verlorene Strähn

Wie ihre Schwester kam sie zu den Männern mit den vielen Köpfen. Sie fragte einen nach dem anderen: "Hast du keinen Strähn gesehen?", doch sie wussten nichts von dem Strähn.
Schließlich kam sie an das Häuschen am Bach. Vor dem Häuschen stand die Frau. Das Mädchen fragte sie grob:
— Hast du keinen Strähn gesehen?
Die Frau entgegnete:
— Siehst du nicht, ich fische ihn heraus!
Jetzt suchte das Mädchen um Nachtherberge an und die Frau nahm es auf.
— Was willst du denn essen? — fragte die Frau.
— Milch und Brot, — sagte das Mädchen, — da bekam es aber nur ein bisschen Erbsenbrei.
— Wo willst du denn schlafen? — fragte sie weiter.
— In einem Federbett, — entgegnete es, — doch es musste im Saunest schlafen.
Am Morgen wollte die Stiefschwester nach Hause, und die Frau fragte:
— Willst du auf einem Stock oder auf einem Schimmel heimreiten?
Sie wollte den Schimmel haben, bekam aber den Stock. Sie ritt auf dem Stock durch den Wald und begegnete einem Hündlein. Das Hündlein bellte:
— Hau, hau, pechige Frau!
Sie kam daheim an und war von oben bis unten voll Pech.

Übungen zum Inhaltsverständnis

I. Findet die Antworten im Text.

1. Wieviel Töchter hatte die Bäuerin?
2. Wie war die Stieftochter?
3. Wie war ihre Stiefschwester?
4. Was musste die Stieftochter waschen?
5. Was geschah mit einem Strähn?
6. Wo fand sie ihn?

7. Womit beschenkte die Frau die Stieftochter?
8. Was machte die andere Tochter?
9. Was bekam sie von der Frau?
10. Wie war sie, als sie daheim kam?

II. Welche Antwort passt zu welcher Frage?
1. "Mein lieber Vater, habt Ihr keinen Strähn gesehen?"
2. "Meine liebe Mutter, habt Ihr keinen Strähn gesehen?"
3. "Was möchtest du essen?"
4. "Wo möchtest du denn schlafen?"
5. "Willst du nach Hause auf einem Stock oder auf einem Schimmel reiten?"
   a. "Ein Saunest ist genug für mich."
   b. "Siehst du nicht, ich fische ihn heraus."
   c. "Liebes Dirndl, ich habe keinen gesehen."
   d. "Ein Stock reicht für mich."
   e. "Nur ein bisschen Erbsenbrei."

Übungen zur Festigung des Wortschatzes

III. Aus zweien oder dreien wird eins. Setzt die Wörter zusammen.

Sonnen   bank   schwester
mutter   tochter   Sau   herberge
nest   Ofen   aufgang   Feder
bett   Stief   Nacht

IV. Findet Synonyme.

begegnen	bekommen
erhalten	treffen
bitten	eilen
antworten	entgegnen
laufen	ansuchen

V. Hier seht ihr lauter Wörter, in denen die Selbstlaute und Umlaute fehlen. Versucht zu erraten, was sie bedeuten.

Brn, Strhn, Kmmr, Schmml, Hndln, Gld, Stck, Pch, Snst, Drndl.

VI. Ergänzt die Sätze mit den unten angegebenen Wörtern.

1. Voll ... und ... eilte sie nach.
2. Das Mädchen freute sich und bat um eine ...
3. Voll ... lief sie weiter am ... entlang.
4. Ein ... fiel ins Wasser.
5. Sie kam daheim und war von oben bis unten voll ....
6. Zum ... sah sie ein Haus am Bach.

Sorge, Strähn, Angst, Glück, Kummer, Pech, Nachtherberge, Bache

VII. Übersetzt aus dem Russischen ins Deutsche.

1. У нее было две дочери: родная и падчерица.
2. Падчерица должна была вставать с восходом солнца.
3. Девочка обрадовалась и попросила пустить ее на ночлег.
4. Она приехала домой и была с головы до ног покрыта золотом.
5. Она была очень печальна, так как уже стало темно.
6. Сначала она испугалась.

Übungen zur Wiederholung der Grammatik

VIII. Ergänzt die Sätze mit den passenden Modalverben (*kannst, wollte, musste, möchtest, willst, konnte*).

1. Eines Tages ... die Stieftochter Strähne waschen.
2. Du ... bleiben.

3. Am Morgen ... die Stieftochter nach Hause gehen.
4. Was ... du denn essen?
5. Er ... ihr auch nicht helfen.
6. Wo ... du denn schlafen?

Übungen zum Hören, Schreiben und Sprechen

IX. **Hört euch das Märchen an und füllt die Tabelle (S. 6) aus.**

X. **Stellt Fragen zu den unterstrichenen Satzgliedern (Fragewörter: *wie, wo, wohin, wer, was, zu wem, wie viele, wem*).**
1. Ihre Schwester schlief noch lange auf der Ofenbank.
2. Plötzlich stand ein Mann vor ihr.
3. Er hatte zwei Köpfe.
4. Am Morgen wollte die Stieftochter nach Hause gehen.
5. Sie begegnete einem Hündlein.
6. Sie warf einen Strähn ins Wasser.
7. Zum Glück sah sie ein Haus am Bach.
8. Es durfte in einem Federbett schlafen.
9. Sie kam zu den Männern mit den vielen Köpfen.
10. Es wurde schon dunkel.

XI. **Hört euch das Märchen an. Macht mit allen anderen Personen in der Gruppe zusammen eine Liste mit möglichst vielen Substantiven aus diesem Märchen. Alle Substantive werden an die Tafel geschrieben. Jetzt geht es mit einer chronologischen Nacherzählung des Märchens los! Alle sitzen im Kreis und einer nach dem anderen bildet Sätze. Dabei muss das letzte Substantiv im Satz der ersten Person das erste Substantiv im Satz der nächsten Person sein. Erzählt das Märchen nach.**

VOM ARMEN BÄUERLEIN

Es war einmal ein armes, armes Bäuerlein. Es hatte nichts als eine alte Hütte und eine magere Kuh im Stall. Hunger und Not waren seine Tischgenossen.

Eines Tages sagte seine Frau:
— Treib die Kuh auf den Markt und verkaufe sie, sonst verhungern wir!

Das Bäuerlein trieb die Kuh ins nächste Dorf. Dort war soeben Markt.

Unterwegs begegnete ihm ein kleines grünes Männlein. Das Mannlein rief von weitem:

— He! Verkaufst du die Kuh?
— O ja, — antwortete ihm der Bauer, — wenn du brav zahlst.
— Ich habe nicht viel Geld, mein Lieber, — antwortete das Männlein, — aber wir können einen Tausch machen! Gib mir deine Kuh, und ich gebe dir diese Flasche. Das Fläschchen hat gar gute Tugenden.

Das Männlein schien so treuherzig, dass der Bauer einwilligte. Das Männlein führte die Kuh fort, und der Bauer ging wieder in seine Hütte zurück.

Er kam nach Hause, und seine Frau fragte ihn:
— Was hast du denn für die Kuh bekommen?

Der Bauer stellte die Flasche auf den Tisch und erzählte von dem kleinen Männlein und seinen Worten.

— Du bist dumm und glaubst jedem Narren, — fing sie an zu weinen. Das machte den Bauer nun auch unruhig, er nahm die Flasche vom Tisch und sagte:

— Hätte ich nur Geld* und etwas Ordentliches zu essen!

Im nächsten Augenblick klingelte und klapperte es, und ein großer Haufen harter Taler lag auf dem Tisch neben den Schüsseln mit Speisen. Die zwei machten große Augen.

Nach einer Weile sagte der Bauer:
— Das Männlein hat gar wohl Recht gehabt. Die Flasche besitzt wirklich gute Tugenden!

So wurde das arme Bäuerlein reich und lebte froh und glücklich.

Jedermann redete von der Wunderflasche und wünschte sich, auch eine solche zu haben.

Da unternahm einmal der König eine Reise durch sein Land. Er kam auch in diese Gegend, wo das Bäuerlein wohnte. Der König hörte von der wunderbaren Flasche und ließ das Bäuerlein rufen. Er gab ihm einen großen Haufen Silber und Gold für die Flasche.

Das Bäuerlein verkaufte dem König seine Wunderflasche, lud seine Nachbarn zu Tisch ein und speiste so wie ein Graf

---

* Hätte ich nur Geld — Были бы у меня деньги

Vom armen Bäuerlein

oder der König selber. Inzwischen merkte er nicht, wie sein Kasten mit Silber und Gold immer leerer und leerer wurde. Am Ende hatte das Bäuerlein nichts mehr als eine magere Kuh im Stall und seine alte Hütte.

Die Flasche war verkauft, das Geld verschmaust. Was war zu tun?

Das Bäuerlein ging in den Stall und führte die Kuh auf den Markt. Auf dem gleichen Platz wie früher begegnete ihm das grüne Männlein, und für seine Kuh bekam der Bauer wieder die wunderbare Flasche. In der größten Freude sprang er über Stock und Stein nach Hause. Nun musste die Flasche ihre Dienste tun. Aber statt der Speisen und der harten Taler sprangen aus der Flasche zwei große Riesen hervor und fielen über die armen Bauersleute her.

Übungen zum Inhaltsverständnis

I. **Simmt das?**

1. Es war einmal ein armer Bauer.
2. Er hatte eine Ziege im Stall.
3. Er trieb seine Kuh auf den Markt.
4. Unterwegs verkaufte er die Kuh.
5. Ein kleines schwarzes Männlein gab ihm eine Wundertasche.
6. Das arme Bäuerlein wurde reich und lebte froh und glücklich.
7. Dann verkaufte er seine Wunderflasche.
8. Der König gab ihm 10 Taler für die Flasche.
9. Das Geld war bald verschmaust, und das Bäuerlein wurde wieder arm.
10. Das Bäuerlein verkaufte wieder dem grünen Männlein seine Kuh.
11. Das grüne Männlein gab ihm eine andere Flasche.
12. Aus dieser Flasche sprangen zwei Soldaten hervor und fielen über die armen Bauersleute her.

🎧 **II. Wer sagt was? Kreuzt an.**

	der Bauer	die Bäuerin	das Männlein
1.			
2.			
3.			
4.			
5.			
6.			

Übungen zur Festigung des Wortschatzes

III. Spielt Zauberer! Macht die kleinen Dinge wieder groß.

Ein Bäuerlein wird ein Bauer.
Ein Männlein wird ein ... .
Ein Fläschchen wird eine ... .

Könnt ihr große Dinge klein machen?

Ein Tisch wird ein ... .
Eine Kuh wird ein ... .
Eine Frau wird ein ... .
Ein Haus wird ein ... .
Ein Platz wird ein ... .

IV. Findet die Gegensatzpaare.

arm	dumm	dick	froh
mager	weich	traurig	neu
schlecht	klug	leer	gut
alt	hart	reich	voll

V. Ersetzt die unterstrichenen Wörter durch die unten angegebenen Synonyme.

1. Er <u>hatte</u> eine magere Kuh im Stall.

Vom armen Bäuerlein

2. Treib die Kuh auf den Markt und verkaufe sie, sonst <u>verhungern</u> wir.
3. Das Bäuerlein <u>speiste</u> so wie ein Graf oder der König selber.
4. "Ich habe nicht viel Geld, mein Lieber," — <u>antwortete</u> das Männlein.
5. Die Frau <u>fing an</u> zu <u>weinen</u>.

entgegnen, jammern, besitzen, beginnen, essen, sterben an Hunger

VI. **Aus zweien wird eins. Setzt die Wörter zusammen. Könnt ihr weitere interessante Wörter zusammensetzen?**

Wunder	herzig	Tisch	leute
Bauers	blick	treu	
Augen	genosse	flasche	

VII. **Übersetzt aus dem Russischen ins Deutsche.**

1. Крестьянин погнал корову на рынок.
2. Мы можем обменяться.
3. Крестьянин согласился.
4. Крестьянин и его жена выпучили глаза от удивления.
5. Король велел позвать крестьянина.
6. Крестьянин сломя голову помчался домой.

Übungen zur Wiederholung der Grammatik

VIII. **Sucht alle Verben im Präteritum und gebt die Infinitivformen der Verben an.**

IX. **Sucht alle Infinitive mit "zu" und ohne "zu".**

Übungen zum Hören, Schreiben und Sprechen

X. **Hört euch das Märchen an und füllt die Tabelle (S. 6) aus.**

XI. Rollenspiel.

1. Ein Gespräch zwischen dem Bäuerlein und dem grünen Männlein.
2. Ein Gespräch zwischen dem Bäuerlein und seiner Frau.

XII. Gruppenarbeit: Wie könnte das Märchen weitergehen?

DER BÄR

Vor langer Zeit lebte ein Kaufmann. Er hatte drei Töchter. Die älteste war herzensgut, die zwei jüngeren aber waren stolz und bösartig und konnten die ältere Schwester nicht leiden.

Einmal war in der Nähe ein Wintermarkt. Der Kaufmann wollte ihn besuchen. Beim Abschied sprach er zu den Töchtern:

— Was soll ich euch mitbringen?

Da verlangten die zwei Jüngeren schöne Kleider und andere Kostbarkeiten. Die Älteste aber sprach:

— Lieber Vater, bring mir eine Rose! Ich habe diese Blumen am liebsten.

Der Kaufmann reiste nun auf den Markt und machte sehr gute Geschäfte. Er kaufte für seine zwei jüngeren Töchter schöne Kleider und andere Kostbarkeiten, aber eine Rose für seine älteste Tochter konnte er nicht finden, denn es herrschte kalter Winter, und knietiefer Schnee lag auf allen Gärten und Feldern. Das war dem Kaufmann unangenehm.

Auf dem Heimweg kam er zu einem herrlichen Schloss. Er hatte dieses Schloss noch nie gesehen. Das schöne Gebäude war von einem Garten umgeben. Im Garten blühten die schönsten Rosen.

Der Kaufmann stieg aus dem Schlitten, ging in den Garten und pflückte eine Rose. Plötzlich hörte er eine Stimme. Erstaunt sah er sich um und erblickte einen zottigen Bären. Der Bär brummte:

— Du hast in meinem Garten eine Rose gestohlen. Dafür sollst du büßen! Du sollst mir deine älteste Tochter hierher schicken!

Der Kaufmann erschrak fürchterlich und machte sich schnell aus dem Staub. Er lief zu seinem Schlitten und fuhr in Windeseile zu seiner Stadt.

Die drei Töchter freuten sich sehr, sie sprangen ihm entgegen und begrüßten ihn freudig. Bald aber bemerkten sie, dass ihr Vater ernst und trübe war. Sie fragten ihn lange, und er erzählte ihnen von dem Bären.

Jetzt machten die zwei jüngeren Töchter hämische Gesichter, spotteten und hatten die größte Freude über das Unglück ihrer Schwester.

Die älteste Tochter aber brachte ihre Sachen in Ordnung, nahm von ihrem Vater und ihren Schwestern Abschied und fuhr zu dem Schloss des Bären.

Er erwartete sie schon am Eingang des Gartens und begrüßte sie freundlich. Dann führte er sie in das Schloss, zeigte die schönsten Zimmer und bot ihr Erfrischungen an.

So lebte sie nun im Schloss, und der Bär leistete ihr Gesellschaft. Sie schickte sich bald in ihre Lage und lebte vergnügt und glücklich.

Nach einiger Zeit wollte sie ihren Vater wiedersehen. Der Bär brummte am Anfang, aber sie bat ihn noch einmal, und er erlaubte ihr, den Vater zu besuchen. Er gab ihr einen Ring und sagte:

— Steck dieses Ringlein am Abend vor deiner Abreise an den Finger, und am folgenden Morgen erwachst du in deinem Vaterhaus. Bleib zwei Tage dort. Dann musst du abends das Ringlein wieder anstecken, und am dritten Morgen bist du wieder hier.

Die Kaufmannstochter war froh, steckte den Ring an ihren Finger und schlief fest ein.

Der Bär

Am nächsten Morgen erwachte sie im Haus des Vaters. Ihr Vater freute sich über alle Maßen. Das war für alle ein heiterer Tag, und niemand dachte an das Abschiednehmen. Am nächsten Tag sagte die älteste Tochter, dass sie am anderen Morgen wieder beim Bären sein muss. Alle waren überrascht und baten die Jungfrau, noch einen Tag länger zu bleiben. Am Abend des dritten Tages steckte sie erst den Ring an den Finger und schlief ein.

Sie erwachte am folgenden Morgen im Schloss des Bären. Sie stand auf und ging zu ihrem Herrn. Sein Zimmer war leer. Sie suchte im Schloss überall, konnte den Bären aber nirgends finden. Sie war sehr traurig und ging noch einmal ihn suchen.

Endlich fand sie ihn unter dem Brunnentrog. Er lag halbtot. Sie zog ihn heraus und streichelte ihn. Er sagte:

— Ich habe schon gedacht, dass du nicht mehr wiederkommst.

Sie hatte noch größeres Mitleid mit ihm und sagte:

— Ich will immer bei dir bleiben und werde dich nicht verlassen, denn du bist mein Schatz.

Der Bär sprang auf und brummte:

— Du musst mich so lange schlagen, bis mir die Haut vom Leibe fliegt.

Die Jungfrau war dagegen, doch endlich gab sie seinen Bitten nach. Sie nahm eine Peitsche und schlug so kräftig, dass bald Hautfetzen vom Bären davonflogen. So peitschte sie die Haut fast ganz weg. Plötzlich stand ein schöner Jüngling vor ihr. Er umarmte sie und dankte ihr, dass sie ihn aus der Bärengestalt befreit hatte. Dann führte er sie in das Schloss zurück und heiratete sie.

Übungen zum Inhaltsverständnis

🎧 **I. Wählt die richtige Variante.**

1. Vor langer Zeit lebte ...
    a. ein Zauberer.
    b. ein Kaufmann.
    c. ein Bauer.

2. Er hatte ... Töchter.
   a. zwei
   b. vier
   c. drei
3. Einmal reiste der Kaufmann ...
   a. auf den Markt.
   b. ins Ausland.
   c. in eine andere Stadt.
4. Die zwei jüngeren Töchter verlangten von ihm schöne Kleider und andere Kostbarkeiten, die älteste bat: "Lieber Vater, bring mir ... "
   a. einen Beutel Silber und Gold
   b. einen Ring
   c. eine Rose
5. Auf dem Heimweg kam er zu ...
   a. einem herrlichen Schloss.
   b. einer Mühle.
   c. einer Burg.
6. Der Kaufmann pflückte eine Rose, und plötzlich erblickte er ...
   a. einen zottigen Wolf.
   b. einen zottigen Bären.
   c. einen Hasen.
7. Der Kaufmann sollte seine ... ins Schloss schicken.
   a. drei Töchter
   b. jüngeren Töchter
   c. älteste Tochter
8. Der Bär erwartete sie schon am Eingang des Gartens und ...
   a. begrüßte sie freundlich.
   b. machte ein hämisches Gesicht.
   c. umarmte sie.
9. Die Älteste schickte sich bald in ihre Lage und ...
   a. lebte vergnügt und glücklich.
   b. weinte bitterlich.
   c. war ernst und trübe.

Der Bär

10. Nach einiger Zeit wollte sie ...
    a. eine Rose.
    b. ihren Vater wiedersehen.
    c. auf den Markt reisen.
11. Der Bär gab ihr ...
    a. einen Apfel.
    b. ein Messer.
    c. einen Ring.
12. Sie durfte ... Tage in ihrem Vaterhaus bleiben.
    a. drei
    b. zwei
    c. vier
13. Sie blieb dort ... länger.
    a. zwei Tage
    b. einen Tag
    c. eine Woche
14. Als sie im Schloss des Bären erwachte, ...
    a. freute er sich über alle Maßen.
    b. bot er ihr Erfrischungen ein.
    c. konnte sie ihn nirgends finden.
15. Sie fand den Bären ...
    a. im Wald.
    b. im Turm.
    c. unter dem Brunnentrog.
16. Sie nahm eine Peitsche und ...
    a. peitschte seine Bärenhaut fast ganz weg.
    b. trieb ihn auf den Markt.
    c. schlachtete ihn.
17. Plötzlich stand ... vor ihr.
    a. ein Königssohn
    b. ein schöner Jüngling
    c. ein Kaiser

II. Wer sagt was? Kreuzt an.

	der Kaufmann	die älteste Tochter	der Bär
1.			
2.			
3.			
4.			
5.			
6.			

III. Was passt zusammen?

1. Bald bemerkten die Töchter, ...
2. Am nächsten Tag sagte die älteste Tochter, ...
3. Ich habe schon gedacht, ...
4. Sie schlug so kräftig, ...
5. Er dankte ihr, ...

   a. dass du nicht mehr wiederkommst.
   b. dass sie ihn aus der Bärengestalt befreit hatte.
   c. dass sie am anderen Morgen wieder beim Bären sein muss.
   d. dass bald Hautfetzen vom Bären davonflogen.
   e. dass ihr Vater ernst und trübe war.

Übungen zur Festigung des Wortschatzes

IV. Aus zweien wird eins. Setzt die Wörter zusammen.

Winter	weg
Kauf	trog
Heim	markt
Windes	frau
Abschied	gestalt
Jung	mann
Haut	nehmen
Bären	fetzen
Brunnen	eile

Der Bär

V. Findet im Text alle zusammengesetzten Adjektive.

VI. Ordnet mit Buntstiften verwandte Wörter zu.

peitschen   herrlich   leiden   Abreise   freudig
Unglück   reisen   Peitsche   glücklich
Herr   Mitleid   Freude

VII. Spielt Wörterdetektive: Ihr habt den Auftrag aus dem Märchen alle Wörter mit doppeltem Mitlaut (ss, ll, rr, nn, tt, mm) herauszusuchen.

VIII. Silbensalat. Findet 11 Wörter.

IX. Setzt die unten angegebenen Wörter richtig ein.

1. Da verlangten die zwei jüngeren Töchter schöne Kleider und andere ... .
2. Der Kaufmann machte sehr gute ... .
3. Dafür sollst du ... !
4. Der Kaufmann erschrak fürchterlich und machte sich schnell aus dem ... .
5. Er lief zu seinem Schlitten und fuhr in ... zu seiner Stadt.
6. Der Bär bot ihr ... an.
7. Der Bär leistete ihr ... .

8. Alle waren ... .
9. Sie hatte noch größeres ... mit ihm.
10. Du bist mein ... .

Staub, Gesellschaft, Schatz, büßen, Kostbarkeiten, Erfrischungen, überrascht, Windeseile, Mitleid, Geschäfte

Übungen zur Wiederholung der Grammatik

X. Findet im Text die Sätze mit Modalverben. Unterstreicht sie. Nennt ihre Infinitivformen.

Übungen zum Hören, Schreiben und Sprechen

XI. Hört euch das Märchen an und füllt die Tabelle (S. 6) aus.

XII. Stellt Fragen zu den unterstrichenen Satzgliedern (Fragewörter: *wo, was, wohin, wie, wem, wen, von wem*).

1. Die Älteste war herzengut.
2. Einmal war in der Nähe ein Wintermarkt.
3. Der Kaufmann reiste auf den Markt.
4. Plötzlich sah er einen zottigen Bären.
5. Er erzählte den Töchtern von dem Bären.
6. Er erwartete sie schon am Eingang des Gartens.
7. Sie lebte im Schloss.
8. Nach einiger Zeit wollte sie ihren Vater wiedersehen.
8. Er gab ihr einen Ring.
10. Er führte sie ins Schloss zurück.

XIII. Erzählt das Märchen nach. Gebraucht dabei den folgenden Plan, findet die Schlüsselwörter zu jedem Punkt des Planes.

1. Vor langer Zeit lebte ein Kaufmann.

Der Bär

2. Der Kaufmann reist auf den Markt.
3. Der Kaufmann kommt zu einem Schloss.
4. Der Kaufmann kehrt in seine Stadt zurück.
5. Die Älteste im Schloss des Bären.
6. Die Älteste besucht ihren Vater.
7. Die Älteste erwacht wieder im Schloss des Bären.

DAS ARME-SEELEN-WEIBERL*

Da waren einmal recht arme Holzhackerleute. Die hatten ein einziges Kind, ein Mädchen, und das hieß Katherl. Die Stiefmutter konnte das arme Dirndlein nicht leiden. Sie wollte das Katherl in den Wald führen und dort allein lassen. Der Vater aber sagte immer:
— Nein!
Aber einmal war die Not so groß, dass er "Ja!" sagte.
Gleich des anderen Morgens nahm die Stiefmutter das Katherl bei der Hand und ging mit ihm fort, weit in den Wald hinein. Die Stiefmutter zündete ein Feuer an, gab dem Kinde ein Stücklein Brot und sagte:
— Ich komm' gleich wieder, ich geh' nur Holz suchen.
So saß das Katherl beim Feuer und aß sein Stücklein Brot. So wurde es Abend, und die Stiefmutter kam nicht; es brach

---

* *das Weiberl (аscmp.)* — ein kleines Weib

Das Arme-Seelen-Weiberl

die Nacht herein, und wenn das Dirndlein "Mutter" rief, kam keine Antwort.

Da wollte es sie suchen, lief im Walde kreuz und quer und weinte und rief; aber es war alles umsonst, es kam nur immer tiefer und tiefer in den Wald hinein. Als es aber schon müde war, da sah es von weitem ein Flämmchen und lief ihm schnell zu.

Ein kleinwinziges Häuserl* stand da, und darin brannte das Lichtlein. Das Dirndlein klopfte an, da kam ein altes, altes Weiberl heraus und fragte gleich:

— Ja, Kind, woher kommst denn du noch?

Da erzählte das arme Katherl seine traurige Geschichte, und das alte Weiberl nahm es gleich hinein ins Stübchen, gab ihm zu essen und zu trinken und war recht lieb mit ihm. Aber das Katherl wurde unruhig und sagte:

— Ich möchte doch wieder zu Vater und Mutter.

— Schau, du weißt, wie bös deine Mutter ist; willst du nicht bei mir bleiben? — meinte das alte Weiberl.

Aber das Kind bat immer von neuem, und so sagte denn das alte Weiberl zuletzt:

— Ich will dich wieder heimbringen, aber du darfst niemandem sagen, dass du bei mir gewesen bist, denn ich bin das Arme-Seelen-Weiberl. Tätest du es aber trotzdem sagen, dann käm' ich wieder um dich.**

Das arme Dirndlein versprach es, und so führte das Arme-Seelen-Weiberl noch in der finsteren Nacht und heimlich das Kind nach Hause, legte es in sein Bettlein und ging wieder fort.

In der Frühe sagte die Stiefmutter gleich zum Vater:

— Wie gut ist es, dass das Kind nimmer da ist.

Sie ging hinab in die Kammer, nun lag das Katherl wieder im Bett und schlief wie sonst; da fragte die Stiefmutter voll Zorn:

— Wer hat dich heimgeführt?

---

* das Häuserl (*австр.*) = ein kleines Haus
** Tätest du es aber trotzdem sagen, dann käm' ich wieder um dich. — Если ты все же об этом расскажешь, я приду за тобой.

Das Kind sagte:

— Ich bin allein nach Hause gegangen.

Aber als es die Stiefmutter nicht glaubte, von neuem fragte und immer zorniger wurde, fing das arme Dirndlein an, sich zu fürchten; endlich sagte es alles. Da war die Stiefmutter auf einmal seltsam freundlich, wie noch niemals zuvor und blieb es den ganzen Tag.

Des Abends ging das Dirndlein wieder schlafen, und als es mäuschenstill im Bettlein lag, da pochte es an der Tür und sprach:

— Katherl, Katherl, ich bin schon bei der Tür!

Dann trat es ans Bettlein:

— Katherl, Katherl, jetzt bin ich beim Bett!

Es fasste sein rechtes Händlein und sagte:

— Katherl, ich bin bei der rechten Hand!

Es fasste auch sein linkes Händlein:

— Katherl, ich bin bei der linken Hand!

Da lag eine Hand auf des Dirndleins Kopf:

— Katherl, ich bin schon beim Kopf!

Und zuletzt:

— Katherl, Katherl, ich hab dich schon!

Da war es richtig das Arme-Seelen-Weiberl, und so ist es um das Katherl gekommen und hat sich's wirklich geholt.

Übungen zum Inhaltsverständnis

I. Findet die Antworten im Text.

1. Wieviel Kinder hatten die Holzhackerleute?
2. Wie hieß das Mädchen?
3. Hatte die Stiefmutter das Katherl lieb?
4. Wohin wollte sie das Katherl führen?
5. Warum sagte der Vater einmal "Ja"?
6. Wohin gingen die Stiefmutter und das Katherl?
7. Was machte das Katherl im Wald?

8. Wo suchte es seine Stiefmutter?
9. Was sah das Katherl von weitem?
10. Wer wohnte in dem Häuserl?
11. Was gab das alte Weiberl dem Kind?
12. Worum bat das Katherl?
13. Was versprach das Katherl dem Weiberl?
14. Wohin führte das Arme-Seelen-Weiberl das arme Kind?
15. Glaubte die Stiefmutter, dass das Katherl alleine nach Hause gegangen war?
16. Sagte das Katherl alles?
17. Wer kam in der Nacht?
18. Was machte das Arme-Seelen-Weiberl mit dem armen Kind?

🎧 **II. Wer sagt was? Kreuzt an.**

	Katherl	die Stiefmutter	das Arme-Seelen-Weiberl
1.			
2.			
3.			
4.			
5.			
6.			
7.			
8.			

III. Was passt zusammen?

1. Und wenn das Dirndlein "Mutter" rief ...
2. Als es aber schon müde war ...
3. Du weißt, ...
4. Tätest du es aber trotzdem sagen, ...
5. Als das Kind mäuschenstill im Bett lag, ...
   a. wie bös'deine Mutter ist.

b. da pochte es an der Tür.
c. da sah es von weitem ein Flämmchen
d. dann käm' ich wieder um dich.
e. kam keine Antwort.

Übungen zur Festigung des Wortschatzes

IV. **Spielt Zauberer, macht die kleinen Dinge wieder groß.**
1. Ein Stübchen wird eine ... .
2. Ein Flämmchen wird eine ... .
3. Ein Händlein wird eine ... .
4. Ein Bettlein wird ein ... .
5. Ein Stücklein wird ein ... .
6. Ein Häuserl wird ein ... .
7. Ein Weiberl wird ein ... .

V. **Welche Vorsilben und Verben passen zueinander?**

Hier sind einige Vorsilben.

fort-, heraus-, ver-, an-, heim-

Hier sind einige Verben.

gehen, zünden, klopfen, führen, bringen, sprechen, kommen

VI. **Findet Synonyme.**

anfangen	bringen
meinen	schauen
holen	beginnen
blicken	klopfen
pochen	glauben
denken	sehen

Das Arme-Seelen-Weiberl

VII. Setzt die unten angegebenen Wörter richtig ein.
1. Die Stiefmutter konnte das arme Dirndlei nicht ... .
2. Das Arme-Seelen-Weiberl war recht ... mit dem Kind.
3. Das Kind lag ... im Bett.
4. Die Stiefmutter wollte das Katherl alleine im Wald ... .
5. Das Kind lief im Wald ... und ... .
6. Das arme Dirndlein fing an, sich zu ... .

lieb, leiden, kreuz, mäuschenstill, fürchten, quer, lassen

Übungen zur Wiederholung der Grammatik

VIII. Ergänzt die Partizipien (*gewesen, gekommen, geholt, gegangen, heimgeführt*).

Wer hat dich ...?
Ich bin allein nach Hause ... .
Das Weiberl ist um das Katherl ... .
Das Arme-Seelen-Weiberl hat sich das Katherl ... .
Du darfst niemandem sagen, dass du bei mir ... bist.

IX. Vervollständigt die folgende Tabelle.

Positiv	Komparativ	Superlativ
...	tiefer	...
...	zorniger	...
weit	...	...
alt	...	...
freundlich	...	...
arm	...	...

X. Übersetzt aus dem Russischen ins Deutsche.

1. So saß das Katherl (у огня).
2. Das Katherl lag wieder (в кровати).
3. Das Arme-Seelen-Weiberl führte es (ночью) nach Hause.

4. Die Stiefmutter wollte das Katherl (в лес) führen.
5. Die Stiefmutter ging hinab (в комнату).
6. Das Mädchen lief (в лесу) kreuz und quer.

Übungen zum Hören, Schreiben und Sprechen

🎧 **XI.** Hört euch das Märchen an und füllt die Tabelle (S. 6) aus.

🎧 **XII.** Hört euch das Märchen an. Macht mit allen anderen Personen in der Gruppe zusammen eine Liste mit möglichst vielen Substantiven aus diesem Märchen. Alle Substantive werden an die Tafel geschrieben. Jetzt geht es mit einer chronologischen Nacherzählung des Märchens los! Alle sitzen im Kreis und einer nach dem anderen bildet Sätze. Dabei muss das letzte Substantiv im Satz der ersten Person das erste Substantiv im Satz der nächsten Person sein.

DAS BIRKENREIS

Es war einmal eine arme Witwe. Sie hatte kein Brot, um sich und ihr Kind zu nähren. Sie und ihr Kind lebten nur von fremder Leute Gnade, und wenn sie ihre Wassersuppe kochen wollten, so mussten sie selbst in den Wald gehen, um sich das Holz zu holen. Einmal hatte die Mutter wieder kein Holz und sprach zum Knaben:

— Geh in den Wald hinaus, denn ich habe kein Holz mehr, um uns die Suppe zu wärmen.

Der Knabe ließ sich das nicht zweimal sagen, steckte in seinen Sack ein Stücklein schwarzes Brot, nahm das Seil, um das Holzwerk zusammenzubinden, und wanderte in den grünen Wald. Als er draußen war, fing er an, Holz und Reisig zu sammeln.

Es dauerte nicht gar lange, und der brave Junge hatte schon ein großes Holzbündel. Er band es zusammen und trug es auf dem Kopfe weiter. Es war ein warmer Tag, und die Sonnenstrahlen brannten gar heiß herunter. Der Knabe ging keuchend durch den Wald, er war matt und müde, und der Magen knurrte.

Plötzlich stand ein Weiblein vor ihm; das war uralt, ihr Gesicht war voll Runzeln und ihre Augen funkelten wie zwei Feuer. Ein Bündel Holz lag zu ihren Füßen.

— Geh, hilf du mir! — sprach das Weibchen den Knaben an.

— Ja, — meinte er, — ich habe selbst genug zu tragen und darf die Mutter nicht warten lassen.

— Ei, du hast junge Füße, — entgegnete die Alte lächelnd. Du kommst früh genug heim, denn mein Häuschen ist nicht weit von hier und ich will dich dafür gut bezahlen.

Der Knabe dachte sich: "Das wird eine schöne Bezahlung sein, das Weiblein hat ja selbst nichts." Er legte doch sein Bündel ab, nahm das andere auf und folgte der Alten. Sie waren nicht gar weit gegangen, als die Alte vor einem Hüttchen stillstand und zum Knaben sprach:

— Nun kannst du dein Bündel ablegen, denn hier ist meine Behausung. Warte nur ein bisschen und ich werde dich bezahlen.

Der Knabe legte das Bündel ab, und es dauerte nicht lange, da trat das Weiblein wieder heraus und trug ein Birkenreis in der Hand.

— Du bist ein braves Kind, das mit alten und armen Leuten Mitleid hat, und dafür will ich dich belohnen. Nimm dieses Birkenreis und bewahre es gut, denn es wird dir goldene Früchte tragen!

Mit diesen Worten gab sie ihm das Reis und verschwand ins Haus.

Der Kleine nahm den Zweig und eilte in den Wald zu seinem Holzbündel zurück. Er nahm es wieder auf den Kopf, trug das Reis in der rechten Hand und wanderte durch den Wald. Da war er aber gar bald müde und er dachte sich: "Ich will ein bisschen rasten und schlafen." Gesagt, getan. Er legte das Bündel ab, steckte das Birkenreis in die Erde, streckte

Das Birkenreis

sich daneben und schlief süß ein. Als die Sonne sich neigte, erwachte der Junge. Sein erster Blick fiel auf das Holzbündel, sein zweiter auf das Birkenreis; doch wie groß war sein Erstaunen, als er an der Stelle des Zweiges einen stolzen Baum sah. An dem Baum flimmerten und glänzten goldene und silberne Früchte. Der Knabe schrie vor Freude, sprang jubelnd zum Wunderbaum und begann Blätter und Äpfel abzupflücken und in seinen Sack zu stecken. Als der Sack genug gefüllt und schwer war, nahm der Knabe vom Walde und seinem Bündel Abschied und eilte der Heimat zu.

Er trat jubelnd in die Hütte und die Mutter sprach böse zu ihm:

— Wo hast du dich den ganzen Tag herumgetrieben? Ich habe dich am frühen Morgen um Holz in den Wald geschickt, und jetzt ist es später Abend, und du kommst ohne Holz zurück.

— Sei nicht böse, liebes Mütterchen, — sagte der Knabe, — ich habe wacker gearbeitet und du sollst mit mir zufrieden sein.

Bei diesen Worten schüttelte er die silbernen und goldenen Blätter und Früchte auf den Tisch heraus.

— Woher hast du dieses goldene Zeug? — fragte die Mutter.

— Das habe ich alles im Walde verdient, — jubelte der Junge. Er erzählte ihr dann die Geschichte vom alten Weiblein und vom Gold tragenden Baum. Da war die Mutter erfreut und seit diesem Tag litten beide keinen Mangel mehr, sondern waren reiche Leute.

Übungen zum Inaltsverständnis

I. Findet die Antworten im Text.

1. War die Witwe reich?
2. Wozu schickte sie ihren Sohn in den Wald?
3. Was sammelte der Knabe im Wald?
4. Wer stand plötzlich vor ihm?
5. Wohin ging der Junge mit dem Weibchen?

6. Wie bezahlte das Weibchen seine Hilfe?
7. Wohin eilte der Kleine danach?
8. Warum schlief der Junge ein?
9. Was sah er an der Stelle des Zweiges?
10. Welche Früchte glänzten an dem Baum?
11. Wohin steckte der Junge Blätter und Äpfel?
12. Warum war seine Mutter böse?
13. Was erzählte ihr der Junge?
14. Wie lebten die beiden danach?

II. Wer sagt was? Kreuzt an.

	die Mutter	der Junge	das Weibchen
1.			
2.			
3.			
4.			
5.			
6.			
7.			
8.			
9.			
10.			

Übungen zur Festigung des Wortschatzes

III. Aus zweien wird eins. Setzt die Wörter zusammen. Nennt ihre Artikel.

Birken   Wasser   werk   bündel   Wunder
suppe   Holz   reis   Holz   Sonnen
baum   strahlen

Das Birkenreis

IV. Findet in diesem Buchstabenfeld 8 Wörter. Sucht von links nach rechts, von oben nach unten, von unten nach oben.

R	E	I	S	W	B	H	I	U
S	Q	N	L	I	T	O	M	S
M	R	B	K	T	R	L	U	B
A	B	S	D	W	V	Z	A	V
G	Z	I	G	E	U	T	B	N
E	W	U	K	N	A	B	E	M
N	Z	W	E	I	G	M	T	R
K	L	M	N	U	S	A	C	K

V. Findet stammverwandte Wörter, verbindet sie mit einem Pfeil.

Alte Holz schlafen alt Bezahlung Holzreis
Sonne Häuschen Holzbündel Behausung Holzwerk
Sonnenstrahlen jubeln bezahlen uralt
einschlafen Mitleid Birkenreis jubelnd
leiden

VI. Findet im Text alle Verben, die nach den folgenden Schemas gebildet werden:

untrennbare   trennbare
Vorsilbe + Stamm   Vorsilbe + Stamm

verschwinden   anfangen

VII. Setzt die unten angegebenen Wörter richtig ein.

1. Sie lebten nur von fremder Leute ... .
2. Er war ... und ... .
3. Sein ... knurrte.
4. Ihr Gesicht war voll ... .
5. Hier ist meine ... .

6. Du hast ... mit alten und armen Leuten.
7. Der Knabe schrie vor ... .
8. Der Knabe nahm vom Walde und seinem Bündel ... .
9. Woher hast du das goldene ...?
10. Seit diesem Tag litten die beiden keinen ... mehr.

matt, Behausung, Gnade, Mitleid, müde, Zeug, Abschied, Mangel, Runzeln, Freude, Magen

Übungen zur Wiederholung der Grammatik

VIII. Findet im Märchen alle Infinitive mit "zu" und ohne "zu".

IX. Findet im Text die Verben im Perfekt. Gebt ihre Infinitivformen an.

X. Vervollständigt die folgende Tabelle.

die 1. Form des Imperativs	die 2. Form	die 3. Form
Geh!	...	...
Sei!	...	...
Hilf mir!	...	...
Warte!	...	...

Übungen zum Hören, Schreiben und Sprechen

XI. Hört euch das Märchen an und füllt die Tabelle (S. 6) aus.

XII. Hört euch das Märchen an. Macht mit allen anderen Personen in der Gruppe zusammen eine Liste mit möglichst vielen Substantiven aus diesem Märchen. Alle Substantive werden an die Tafel geschrieben. Jetzt geht es mit einer chronologischen Nacher-

Das Birkenreis

zählung des Märchens los! Alle sitzen im Kreis und einer nach dem anderen bildet Sätze. Dabei muss das letzte Substantiv im Satz der ersten Person das erste Substantiv im Satz der nächsten Person sein.

DIE BIENENKÖNIGIN

I

Es waren einmal zwei Königssöhne, die zogen fort und erlebten so viel, dass sie gar nicht wieder nach Hause kamen. Ihren jüngsten Bruder, der Dummling hieß, hatten sie zu Hause gelassen.

Eines Tages machte sich Dummling auf, seine Brüder zu suchen. Als er sie endlich fand, da verspotteten sie ihn nur, denn wie wollte Dummling allein durch die Welt kommen.

Also zogen sie miteinander weiter und kamen an einen Ameisenhaufen. Die beiden älteren wollten ihn aufwühlen, Dummling aber sagte zu ihnen:

— Lasst doch die Tiere in Frieden! Es tut mir weh, wenn ihr sie stört!

Dann gingen sie weiter und kamen an einen See, auf dem viele, viele Enten schwammen. Die beiden älteren Brüder wollten ein paar Enten fangen, aber Dummling sagte wieder zu ihnen:

— Lasst doch die Tiere in Frieden! Es tut mir weh, wenn ihr sie tötet!

Die Bienenkönigin

Als sie wieder eine Weile gegangen waren, sahen sie einen Baum, auf dem war ein Bienennest. Das Bienennest war voll von Honig. Die zwei älteren Brüder wollten ein Feuer unter den Baum legen, die Bienen damit ersticken, um dann den Honig für sich zu behalten. Dummling aber sprach wieder:

— Lasst doch die Tiere in Frieden! Es tut mir weh, wenn ihr sie verbrennt!

Am Abend kamen die drei Brüder an ein Schloss. Es war dort kein Mensch zu sehen und in den Ställen standen nur steinerne Pferde. Sie gingen durch die Ställe, den Schlossgarten und durch alle großen Säle, am Ende kamen sie vor eine große hölzerne Tür. An der Tür hingen drei Schlösser. Mitten in der Tür aber war ein kleiner Fensterladen, durch diesen Fensterladen konnte man in die Stube sehen. Da sahen die Brüder ein graues Männchen an einem Tischlein sitzen. Sie riefen es einmal, sie riefen es zweimal, aber es hörte nicht. Als sie zum dritten Mal gerufen hatten, da stand es auf und kam heraus.

Es sprach kein Wort, nahm die drei Brüder an der Hand und führte sie an einen reich gedeckten Tisch. Als sie gegessen und getrunken hatten, führte es dann jeden der Brüder in eine eigene Schlafkammer.

II

Am anderen Morgen kam das Männchen zu dem ältesten Bruder, winkte ihm und brachte ihn zu einer steinernen Tafel. Auf ihr waren die drei Aufgaben zu lesen, mit denen das Schloss von dem Zauber erlöst werden konnte*.

Die erste Aufgabe: Im Wald unter dem Moos liegen die tausend glänzenden Perlen der Königstochter. Suche die Perlen und bring sie zum Schloss. Kannst du nicht alle Perlen finden, dann wirst auch du zu Stein.

Der älteste Bruder ging hin und suchte den ganzen Tag. Als aber der Tag zu Ende ging, da hatte er erst hundert Perlen gefunden. So wurde er zu Stein.

---

* mit denen das Schloss von dem Zauberer erlöst werden konnte — с помощью которых можно было освободить замок от колдовства

Am folgenden Tag unternahm der zweite Bruder das Abenteuer. Er konnte nicht mehr als zweihundert Perlen finden und wurde auch wie der ältere Bruder zu Stein.

Endlich kam auch Dummling an die Reihe. Er begann die Perlen im Moos zu suchen. Er suchte lange, konnte aber auch nicht viel finden, setzte sich auf einen Stein und weinte. Da kam die Ameisenkönigin mit fünftausend Ameisen herbei. Sie alle begannen miteinander die tausend Perlen der Königstochter zu suchen, und es dauerte nicht lange, da hatten sie alle Perlen auf einen großen Haufen zusammengetragen.

Die zweite Aufgabe war, den Schlüssel zur Schlafkammer der Prinzessin aus dem See zu holen. Dummling machte sich auf den Weg. Als er am See angekommen war, da schwammen ihm alle Enten entgegen, tauchten unter und holten den goldenen Schlüssel aus dem See.

Die dritte Aufgabe war die schwerste. Der König des Schlosses hatte drei Töchter. Sie lagen in tiefem Schlaf und sahen so ähnlich aus, dass sie niemand unterscheiden konnte. Die älteste hatte, bevor sie eingeschlafen war, ein Stück Zucker gegessen, die zweite einen Löffel Sirup und die jüngste und die liebste einen Löffel voll Honig.

Welche nun die jüngste und die liebste war, das musste Dummling herausfinden. Dummling wusste sich keinen Rat. Doch da kam die Bienenkönigin, sie setzte sich auf den Mund jeder der drei Königstöchter und versuchte von allen und blieb zuletzt auf dem Mund sitzen, der Honig gegessen hatte. So konnte Dummling die jüngste und liebste Königstochter erkennen.

Von nun an war aller Zauber auf dem Schloss gebrochen Alle erwachten, und wer zu Stein geworden war, der erhielt seine menschliche Gestalt zurück.

Jetzt wurde eine große Hochzeit vorbereitet. Dummling bekam die jüngste und die liebste Königstochter zur Frau und wurde König des Schlosses. Seine Brüder aber bekamen die beiden anderen Königstöchter zur Frau.

Die Bienenkönigin

Übungen zum Inhaltsverständnis

I. Stimmt das?

1. Es waren einmal vier Königssöhne.
2. Der jüngste Bruder hieß Dummling.
3. Die älteren Brüder zogen fort.
4. Der jüngste Bruder wollte alleine durch die Welt kommen.
5. Er fand sie, und sie zogen miteinander weiter.
6. Zuerst kamen sie an einen See.
7. Dann kamen sie an einen Ameisenhaufen.
8. Dummling wollte den Ameisenhaufen aufwühlen.
9. Die beiden älteren wollten ein paar Enten fangen.
10. Dann sahen sie ein Häuschen.
11. Die beiden älteren wollten Honig für sich behalten.
12. Am Abend kamen die drei Brüder an eine Burg.
13. Es war dort kein Mensch zu sehen.
14. Am Ende kamen sie an eine große hölzerne Tür.
15. In der Stube saß ein graues Weibchen.
16. Das Weibchen nahm die drei Brüder an der Hand und führte sie an einen reich gedeckten Tisch.
17. Die Brüder mussten zwei Aufgaben lösen.
18. Die älteren Brüder wurden zu Stein.
19. Dummling erlöste das Schloss vom Zauber.
20. Dummling bekam die liebste Königstochter zur Frau.
21. Seine Brüder bekamen nichts.

II. Was passt zusammen?

1. Als er sie endlich fand ...
2. Als sie wieder eine Weile gegangen waren, ...
3. Als sie gegessen und getrunken haben, ...
4. Als sie zum dritten Mal gerufen hatten, ...
5. Auf der Tafel waren die drei Aufgaben zu lesen, ...
6. Die Töchter sahen so ähnlich aus, ...
   a. sahen sie einen Baum.

b. mit denen das Schloss vom Zauber erlöst werden konnte.
c. dass sie niemand unterscheiden konnte.
d. da verspotteten sie ihn nur.
e. da stand es auf und kam heraus.
f. führte es dann jeden Bruder in eine eigene Schlafkammer.

Übungen zur Festigung des Wortschatzes

III. **Was passt zusammen? Aus zweien wird eins. Setzt die Wörter zusammen. Nennt ihre Artikel.**

Bienen   söhne   garten   haufen
Fenster   nest   Schloss   Hoch   Schlaf
königin   Königs   laden   töchter
kammer   Ameisen   zeit

IV. **Silbensalat. Findet 10 Wörter.**

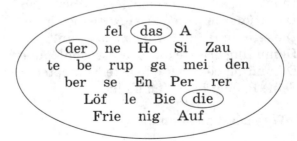

V. **Setzt die fehlenden Buchstaben (nn, tt, mm, ss, ll, ff) ein.**

Ka...er, schwi...en, vo..., Schlo..., mi...en, da..., Du...ling, begi...en, zusa...en, Prinze...in, Stä...e, Lö...el, erke...en, Schlü...el

VI. Hier seht ihr lauter Wörter, in denen die Selbstlaute und Umlaute fehlen. Versucht zu erraten, was sie bedeuten.

Frdn, Tschln, Tfl, Ms, Stn, Hfn, Hng, Abntr, Rh, Srp, Lffl, Zbr, Mnd

VII. Setzt die unten angegebenen Wörter richtig ein.
1. Lasst doch die Tiere in ...!
2. Es tut mir ..., wenn ihr sie tötet.
3. Er nahm die drei Brüder an der ... und führte sie an einen reich gedeckten Tisch.
4. Der älteste Bruder wurde zu ... .
5. Am folgenden Tag unternahm der zweite Bruder das ... .
6. Endlich kam auch Dummling an die ... .
7. Dummling machte sich auf den ... .
8. Die Töchter lagen in tiefem ... .
9. Dummling wusste sich keinen ... .
10. Von nun an war aller ... auf dem Schloss gebrochen.

Reihe, Schlaf, Frieden, Hand, Zauber, Weg, Abenteuer, weh, Rat, Stein

Übungen zur Wiederholung der Grammatik

VIII. Findet im Märchen Infinitive mit "zu" und ohne "zu".

IX. Übersetzt aus dem Russischen ins Deutsche.
1. (Вечером) kamen die drei Brüder (в замок).
2. Sie gingen (через конюшни, через залы).
3. (В лесу) unter dem Moos lagen die tausend glänzenden Perlen.
4. Er musste den Schlüssel (из озера) holen.
5. Die Bienenkönigin blieb (на устах) sitzen.

6. (На другое утро) kam das Männchen zu dem ältesten Bruder.

Übungen zum Hören, Schreiben und Sprechen

🎧 X. Hört euch das Märchen an und füllt die Tabelle (S. 6) aus.

🎧 XI. Hört euch das Märchen an. Notiert alle Zahlen, die im Text vorkommen.

🎧 XII. Hört das Märchen noch einmal. Was für Aufgaben mussten die drei Brüder lösen, mit denen das Schloss vom Zauber erlöst werden konnte? Was passt zusammen?

1. Die erste Aufgabe war, ...
2. Die zweite Aufgabe war, ...
3. Die dritte Aufgabe war, ...
   a. die jüngste Tochter zu finden.
   b. die tausend Perlen im Wald unter dem Moos zu finden.
   c. den Schlüssel zur Schlafkammer der Prinzessin aus dem See zu holen.

XIII. Stellt einen Plan zusammen, findet die Schlüsselwörter zu jedem Punkt des Planes, erzählt das Märchen nach.

MÄRCHENSALAT

Die Klasse wird in Gruppen zu zwei oder drei Personen aufgeteilt. Jede Gruppe erhält Bildkarten mit Märchenillustrationen. Jede Gruppe hat die Aufgabe, ein Märchen zu verfassen, wofür verschiedene Bildkarten verwendet werden müssen.

Vor Spielbeginn ist es nötig, mit dem Kurs das Wortfeld "Märchen" zu erarbeiten, dazu folgende Redemittel und Begriffe:

Es war einmal ein/e...
Eines Tages...
Nun geschah es, dass...
Auf einmal...
Plötzlich...
Zur gleichen Zeit...
Etwas später...
Kurz darauf...
Und so lebten sie glücklich bis ans Ende ihrer Tage.
Sie war reich für ihr Lebtag.
j-n verzaubern in + Akk
j-n verhexen
sich verwandeln in + Akk
j-n erlösen von +Dat

WÖRTERVERZEICHNIS

A a

ab *adv*: **ab und zu** по временам, иногда
Abend *m*, -s, -e 1.вечер; des Abends вечером
abends вечером
Abenteuer *n* -s, = приключение, авантюра
abheben *vt* (hob ab, abgehoben) снимать
Abreise *f* =, -n отъезд
Abschied *m* -(e)s, -e прощание, расставание, ~**nehmen** прощаться
abschlagen (schlug ab, abgeschlagen) vt отбивать, отсекать, отрубать
abschrauben *vt* отвинчивать
absuchen *vt* обыскивать
ähnlich (D) похожий (на кого-л.)
Ähre *f* =, -n колос
allein 1. *a* один, одна, одно, одни, одинокий; 2. *adv* единственно, только; 3. *conj* но, однако (же)
Almosen *n* -s, = милостыня
als когда, в качестве, чем, например, как-то
alsbald тотчас, скоро
also 1.*conj* итак, следовательно; 2.*adv* таким образом
alt старый, пожилой
Alte sub *m, f* старик, старуха
Älteste sub *m, f* старший, старшая (сын, дочь)
Ameise *f* =, -n муравей
Ameisenhaufen *m* -s, = муравейник
anbieten (bot an, angeboten) *vt* предлагать
anfangen (fing an, angefangen) *vt* начинать
Angst *f* =, Ängste страх: **vor**~ со страху; ~**bekommen** испугаться
anstecken *vt* 1. прикалывать; 2. зажигать; 3. заражать

ansuchen *vi* (bei D, um A) просить (кого-л. о чём-л.)
Antwort *f* =, -en ответ
anzünden *vt* зажигать, затапливать
Apfel *m* -s, **Äpfel** яблоко
arm бедный, несчастный; ~e **Seele** бедняга
Arme sub *m, f* бедняк, бедняжка
Armee *f* =, -n армия, войско
Armut *f* = бедность
Asche *f* =, -n пепел, зола, прах; in (Schutt und) ~legen сжечь до основания
Ast *m* -es, **Äste** сук, ветвь; **von** ~ **zu** ~ с ветки на ветку
auf einmal вдруг
auffressen vt пожирать
aufheben (hob auf, aufgehoben) *vt* 1. поднимать; 2. отменять; 3. сохранять
auflesen (las auf, aufgelesen) *vt* подбирать
aufmachen *vt* 1. открывать; **sich** ~ 1. открываться; 2. собираться в путь
aufmerksam внимательно
aufnehmen *vt* (nahm auf, aufgenommen) 1. поднимать; 2. принимать (пищу); 3. принимать (гостей)
aufpicken *vt* расклёвывать, подбирать клювом
aufwühlen *vt* 1. взрывать; 2. вскапывать
Auge *n* -s, -n глаз, око; **große -n machen** удивляться
Augenblick *m* -(e)s, -е мгновение, момент
ausgehen *vi* (s) (ging aus, ausgegangen) 1. выходить; 2. быть на исходе
ausgießen *vt* (goss aus, ausgegossen) выливать, разливать
außerdem кроме того
auswandern *vi* (s) переселяться

Bb

Bach *m* -(e)s, **Bäche** ручей
Backe *f* =, -n щека
bald вскоре, скоро; ~ **darauf** вскоре после этого
bangen, *sich* бояться
Bär *m* -en, -en медведь

barmherzig милосердный
Bass *m* -es, **Bässe** бас
Bauer *m* -s u -n, -n крестьянин
Bäuerin *f* =, -nen крестьянка
Baum *m* -(e)s, Bäume дерево
bedanken, *sich* (bei D, für A) благодарить (кого-л. за что-л.)
bedecken *vt* покрывать, устилать
bedienen *vt* прислуживать, обслуживать
bedrohen *vt* (mit D) грозить (чем-л.)
befehlen *vt* (befahl, befohlen) приказывать
befreien *vt* освобождать
befürchten *vt* опасаться
begegnen *vi* (s) 1. (D) встречать (кого-л.); 2. происходить, случаться
beginnen *vt* (begann, begonnen) начинать
begießen *vt* поливать
behalten *vt* (behielt, behalten) оставлять, сохранять
Behausung *f* =, -en жилище
beide оба, обе
beinahe почти, чуть не
beißen *vt* (biss, gebissen) кусать, жечь
bekümmern vt огорчать, печалить
bellen *vi* лаять
belohnen *vt* (воз)награждать
Belohnung *f* =, -en награда, вознаграждение
bemerken *vt* замечать
beneiden *vt* (um A) завидовать (кому-л. в чём-л.)
Berg *m* -(e)s, -e гора
bescheiden скромный
beschimpfen *vt* ругать, поносить
beschließen *vt* (beschloss, beschlossen) решать
besehen *vt* (besah, besehen) осматривать
besitzen *vt* (besaß, besessen) владеть, обладать
Besitzer *m* -s, = владелец
Beste sub *m, f,* n лучший
beten *vi* молиться
betrachten *vt* смотреть, рассматривать
betteln *vi* нищенствовать, просить милостыню

Bettler *m* -s, = нищий
Beutel *m* -s, = кошелёк, сумка
bewachen *vt* стеречь, караулить
bewahren *vt* хранить
bewirten *vt* угощать
Bewohner *m* -s, = житель
Biene *f* =, -n пчела
binden *vt* (band, gebunden) вязать, связывать
Birke *f* =, -n берёза
bitten *vt* (bat, gebeten) (um A) просить (кого-л. о чём-л.)
bitterlich *adv* горько
blank блестящий
Blatt *n* -es, **Blätter** лист
bleiben *vi* (blieb, geblieben) оставаться
Blick *m* -(e)s, -e взор, взгляд
Blume *f* =, -n цветок
Blut *n* -es, кровь
Bogen *m* -s, = u Bögen смычок
böse злой, сердитый
Braut *f* =, Bräute невеста
brav 1. *a* бравый, храбрый, честный, добрый, послушный (о ребёнке); 2. *adv* отлично, славно
brechen *vt* (brach, gebrochen) ломать
brennen *vt* (brannte, gebrannt) 1. жечь; 2. *adv* гореть
bringen *vt* (brachte, gebracht) приносить, привозить, доставлять
Brot *n* -(e)s, -e хлеб
Bruder *m* -s, Brüder брат
brummen *vi* ворчать, гудеть
Brunnen *m* -s, = колодец, источник, фонтан
Buckel *m* -s, = горб
buck(e)lig горбатый
Bund *n, m* -(e)s, -e связка, вязанка, скоп
Bündel *n* -s, = связка, пучок, узел
Bursche *m* -n, -n 1. парень, малый; 2. ученик, слуга
Bürste *f* =, -n щётка
büßen 1. *vt* искупать (вину); 2. *vi* каяться
Butter *f* = масло (животное)

Dd

da 1. *adv* там, тут, здесь, вот, тогда; 2.*conj.* так как
dafür за (э)то; об этом; зато; вместо (э)того
dagegen 1. *adv* в сравнении с этим; 2. *conj* зато; же; напротив
daheim дома, на родине
Dank *m* -(e)s благодарность
dankbar благодарный
danken *j-m* D благодарить
dann тогда, потом, затем
darauf 1. на (э)то; на (э)том; к этому; 2. после (э)того, затем
daraus из этого, отсюда
darum 1. поэтому, за это; 2. вокруг этого
darunter 1. под этим (тем); 2. среди них, в том числе; 3. меньше, ниже, дешевле
dauern *vi* длиться, продолжаться
davon от (э)того, о(б) (э)том
Deckel *m* -s, = 1. (по)крышка, обёртка; 2. карниз
denken *vi, vt* 1. (an A) думать (о ком-л.), мыслить; 2. *sich* (D) представлять себе
denn 1. потому что, так как; 2. же, разве; 3. чем
deswegen поэтому
dicht *a* густой, частый
dienen *vi* служить
Diener *m* -s, = слуга
Dienst *m* -es, -e служба
Dienstbote *m* -n, -n слуга, посыльный
Ding *n* -(e)s, -e вещь, дело
Dirne *f* =, -n 1. *диал.* девушка; 2. *диал.* служанка
Dorf *n* -(e)s, Dörfer деревня, село
draußen 1. снаружи, на дворе; 2. за границей
dumm глупый, тупой; *sich* **stellen** прикинуться дурачком
Dummling *m* -s, -e дуралей
dunkel тёмный, мрачный
Durst *m* -es жажда; **ich habe** ~ мне хочется пить

Ee

ebenso 1. так же; 2. такой же
eilen *vi* (s) спешить, торопиться

Einhorn *n* -(e)s, Einhörner единорог
einladen *vt* (lud ein, eingeladen) приглашать
einmal 1. (один) раз 2. однажды; **auf** ~ вдруг
einschlafen *vi* (s) (schlief ein eingeschlafen) засыпать
Einsiedler *m* -s, = отшельник
einst однажды, когда-то
einverstanden согласный
einwilligen *vi* (in A) соглашаться
einzig единственный
eisern железный
Elle *f* =, -n локоть (старинная мера длины)
emporstrecken протягивать (вверх)
Ende *n* -s, -n конец; am ~ наконец
letzten ~s в конце концов
endlich наконец
Ente *f* =, -n утка
entgegnen *vi* возражать
entlang (A,D) вдоль
erblicken *vt* увидеть
Erbsenbrei m, (e)s, -e гороховая каша
Erfrischung *f* =, -en лёгкая закуска, прохлад. напитки
erfüllen *vt* выполнять
erhalten (erhielt, erhalten) 1. получать; 2. сохранять; 3. содержать, кормить
erkennen *vt* узнавать
erlauben *vt* разрешить
erleben *vt* пережить
erlegen *vt* убивать (дичь)
erlösen *vt* избавлять, спасать
Erlösung *f* =, -en избавление
ernst серьёзный; **in allem Ernst** со всей серьезностью
erreichen *vt* доставать, достичь
erscheinen (erschien, erschienen) *vi* (s) (по)являться
erschlagen *vt* (erschlug, erschlagen) убивать
erschrecken 1. *vt* испугать; 2. *vi* (s) (vor D) испугаться
erstarren *vi* (s) окоченеть
erstaunen 1. *vt* удивлять; 2. *vi* (s) (uber A) удивляться (чему-л.)
ersticken *vt* задушить

ertrinken *vi* (s) (ertrank, ertrunken) утонуть
erwachen *vi* (s) просыпаться
erwarten *vt* ожидать
erwischen *vt* поймать, схватить

Ff

fallen *vi* (s) (fiel, gefallen) падать
falsch неправильный, ошибочный
fangen *vt* (fing, gefangen) ловить, поймать
Fass *n* -es, **Fässer** бочка, бочонок; **~hahn** m,-(e)s ~hähne кран бочонка
fassen *vt* хватать
Federbett *n* -(e)s, -en перина
fehlen *vi* недоставать, нехватать; **Was fehlt Ihnen?** Что с Вами?
Feld *n* -es, -er поле, пашня
Fenster *n* -s, = окно
festhalten *vt* (hielt fest, festgehalten) крепко держать, удерживать
festnageln *vt* прибивать (гвоздями)
Fetzen *m* -s, = лоскут, тряпка
Feuer *n* -s,= огонь
Fiedel *f* =, -n скрипка
finden *vt* (fand, gefunden) находить
Finger *m* -s, = палец (на руке)
finster тёмный, мрачный, дремучий
Flachs *m* -es лён
Flamme *f* =, -n пламя, огонь
Flasche *f* =, -n бутылка, фляжка
Fleischer *m* -s,= мясник
fleißig прилежный, усердный
Fliege *f* =, -n муха
fließen *vi* (s) (floss, geflossen) течь, струиться, протекать
Fluss *m* -es, **Flüsse** река, поток
folgen *vi* (s) 1. (D) следовать (за кем-л.); 2. (D) следить (за кем-л.) глазами
folgsam послушный

fortfahren *vt* 1. уводить, увозить; 2. продолжать
fortlaufen *vi* (s) (lief fort, fortgelaufen) убегать
fortziehen *vi* (s) (zog fort, fortgezogen) переселяться, выезжать
Fremde *f* = чужбина
fressen *vt* (fraß, gefressen) есть (о животных)
Freude *f* =, -n радость
freudig радостный
freuen *vt* радовать; *sich* - (über A) радоваться чему-л. свершившемуся; (auf A) радоваться чему-л. предстоящему
freundlich приветливый, ласковый
Frieden *m* -s, = мир
frieren *vi* (fror, gefroren) мёрзнуть
fröhlich весёлый, радостный
fromm набожный, благочестивый
Frosch *m* -es, Frösche лягушка
Frucht *f* =, Früchte плод, фрукт
früh ранний; **von - bis spät** с утра до вечера
führen *vt* вести, водить
funkeln *vi* искриться, сверкать
fürchten *vt* и *sich~* (vor D) бояться, опасаться (кого-л., чего-л.)
fürchterlich страшный, ужасный
Fuß *m* -es, **Füße** нога
Fußboden *m* -s, -böden пол

Gg

Garbe *f* =,-n сноп
Garn *n* -(e)s,-e нитки, пряжа
Gärtner *m* -s, = садовник
Gast *m* -es, **Gäste** гость
Gasthaus *n* -es, -**häuser** гостиница
geben *vt* (gab, gegebenen) давать
Gebüsch *n* -es, -e кустарник
Geduld *f* = терпение
geduldug терпеливый
gefallen *vt* (gefiel, gefallen) нравиться

Gefängnis *n* -ses, -se тюрьма
gegen *a* 1. против, вопреки; 2. к, по направлению; 3. по сравнению (с кем-л., чем-л.); 4. за, взамен; 5. около (о времени)
Gegend *f* =, -en местность
Geheimnis *n* -ses, -se тайна
gehen *vi* (ging, gegangen) идти
gehören *vi* принадлежать
Geier *m* -s, = коршун
Geige *f* =, -n скрипка
geizig скупой, жадный
gemütlich 1. уютный; 2. приятный, сердечный
Gemütskrankheit *f* =, -en душевная болезнь
Genosse *m* -n, -n товарищ
genug довольно, достаточно
gerade 1. *a* прямой; 2. *adv* пряио, ровно, как раз
Geschäft *n* -(e)s, -e 1. дело, занятие; 2. предприятие, торговля
geschehen *vi* (s) (geschah, geschehen) происходить, случаться
Geschenk *n* -es, -e подарок
Geschichte *f* =, -n история, рассказ
geschickt искусный, ловкий
geschwind проворный
Geschwister *pl* братья и сёстры
Gesellschaft *f* =, -en общество; ~ **leisten** составить компанию
Gestalt *f* =, -en форма, вид, образ
getreulich верно, преданно, точно
Gevatterin *f* =, -nen кума
gewiss *adv* конечно, несомненно
Gewölbe *n* -s, = свод, подвал
glänzen *vi* блестеть, сиять
Glas *n* -es, **Gläser** 1. стекло; 2. стакан, рюмка
glatt *a* гладкий, ровный
glauben *vt* верить, полагать, думать
gleich 1. *a* равный, одинаковый; 2. *adv* сейчас, немедленно; ~ **darauf** вслед за тем
gleichzeitig одновременный
Glück *n* -(e)s счастье

Glut *f* =, -en жар, зной
Gnade *f* =, -n милость
Gold *n* -es золото
Goldschmied *m* -es, -e золотых дел мастер, ювелир
Gott *m* -es, **Götter** бог
graben *vt* (grub, gegraben) копать, рыть
Graf *m* -en, -en граф
Grafschaft *f* =, -en графство
Gras *n* -es, **Gräser** трава
grob грубый
grüßen *vt* приветствовать
Gut *n* -es, **Güter** имение
Güte *f* = доброта

Hh

Haar *n* -(e)s, -e волос, *собир.* волосы
Hacke *f* =, -n кирка, мотыга
Haifisch *m* -es, -e акула
halbtot 1. *a* полумёртвый, еле живой; 2. *adv* до полусмерти
Hälfte *f* =, -n половина
hämisch злобный, коварный
Hand *f* =, **Hände** рука; **an der** ~ за руку; **bei der** ~ под рукой
hart твёрдый, крепкий
Haufen *m* -s, = куча
Haus *n* -es, **Häuser** дом, жилище
hausen *vi* 1. проживать 2. хозяйничать
Haut *f* =, **Häute** кожа; **mit** ~ **und Haaren** весь, целиком
heben *vt* (hob, gehoben) поднимать, повышать
heftig сильный, резкий, порывистый
heilen *vt* лечить, исцелять
heilig святой, священный
heimkehren *vi* возвращаться домой
heimkommen *vi* возвращаться домой, на родину
heimlich 1. *a* тайный, секретный 2. *adv* тайком
Heimreise *f* =, -n поездка домой, возвращение, обратный путь
heimweisen *vt* указывать путь домой
heiraten *vt, vi* жениться, выходить замуж

heiter весёлый, ясный, светлый
helfen vi (half, geholfen) помогать
Hemd n -(e)s, -en рубашка, сорочка
Henne f =, -n курица, наседка
herabmessen vt (maß herab, herabgemessen) отмерять
herausfischen vt выловить
herauswachsen vi (wuchs heraus, herausgewa-chsen) вырастать
herbeitragen vt (trug herbei, herbeigetragen) приносить
Herd m, -(e)s, -e плита, очаг
hereinbrechen vi (s) (brach herein, hereinge-brochen) вторгаться, наступать (о ночи)
herfallen vi (s) (fiel her, hergefallen) über A набрасываться (на кого-л.)
herkommen vi (s) 1. приходить; 2. von D происходить
Herr m -n, -en господин
herrlich великолепный, прекрасный
herrschen vi 1. über A господствовать (над кем-л.); 2. царить
herschicken vt присылать
hervorspringen vi (s) (sprang hervor, hervorge-sprungen) выпрыгнуть, выскочить
herzen vt ласкать, прижимать к сердцу
herzensgut добрый, сердечный
Hexe f =, -n ведьма, колдунья
Hieb m -(e)s, -e удар
Himmel m -s, = небо
hinauf вверх, кверху
hinaus вон, наружу
hineinwerfen vt (warf hinein, hineingeworfen) бросать внутрь
Hirse f =, -n просо, пшено
Hirt m -en, -en пастух
Hochzeit f =, -en свадьба; ~ **halten** справлять свадьбу
Hof m -(e)s, Höfe 1. двор, усадьба; 2. двор (королевский)
hoffnungslos безнадёжный
hoffnungsvoll полный надежд
Höhe f =, -n высота; **in die** ~ **gehen** подниматься; **in die** ~ **fahren** вскакивать
hohl полый, пустой, дуплистый

holen *vt* приносить, привозить
Holz *n* -es, **Hölzer** дерево, древесина, дрова
hölzern деревянный
Holzhacker *m* -s, = дровосек
Holzwerk *n*, -s, дрова
Honig *m* -s мёд
Horn *n* -s, **Hörner** рог
Hügel *m* -s, = холм, пригорок
Hunger *m* -s голод
hungrig голодный
hüpfen *vi* (h, s) прыгать
Hütte *f* =, -n хижина, хата

Ii

inzwischen между тем, тем временем

Jj

Jagd *f* =, -en охота
Jäger *m* -s, = охотник, егерь
Jahrmarkt *m* -(e)s, **-märkte** ярмарка
jammern *vi* (über, um A, wegen G) вопить, убиваться, горевать (о чём-л.)
jederman каждый
jubeln *vi* ликовать
Junge *m* -n, -n мальчик, юноша
Jungfrau *f* =, -en дева, девица
Jüngling *m* -s, -e юноша

Kk

Kaiser *m* -s, = император
Kamm *m* -(e)s, **Kämme** гребень, расчёска
Kammer *f* =, -n комнатка, чулан, палата
Kanne *f* =, -n кружка, ковшик
Kapelle *f* =, -n часовня
Kasten *m* -s, = u **Kästen** ящик, ларь, сундук

Kater *m* -s, = кот
Katze *f* =, -n кошка
Kaufmann *m* -es, **-leute** торговец, купец
kaum едва (ли), лишь только, еле, чуть
keck смелый, дерзкий
Keller m -s, = погреб, подвал
keuchend пыхтя
Kind *n* -es, -er дитя, ребёнок
Kirche *f* =, -n церковь
klappern *vi* громыхать, стучать
Kleid *n* -es, -er платье, одежда
Kleihäusler *m* -s, = бедняк, безземельный крестьянин
klettern *vi* (h, s) лазить, лезть, взбираться
klingeln *vi* звонить
klopfen 1. *vi*; 2. *vt* колотить, стучать
Klumpen *m* -s, = ком, глыба, слиток
Knabe *m* -n, -n мальчик
Knecht *m* -(e)s, -e слуга, батрак
knietief по колено глубокий (о снеге)
knurren *vi* ворчать, бурчать
König *m* -(e)s, -e король
können (konnte, gekonnt) *мод. глагол* мочь, быть в состоянии
Kopf *m* -es, **Köpfe** голова
Korn *n* -es, **Körner** зерно, зёрнышко
Kostbarkeit *f* =,-en драгоценность
köstlich превосходный, изысканный
Krämer *m* -s, = мелкий лавочник
Kranz *m* -es, **Kränze** венок
kreuz, ~ und quer вдоль и поперёк
Kreuzer *m* -s, = крейцер (старинная монета)
kriechen (kroch, gekrochen) *vi* (h, s) ползать
Krieg *m*, -es, -e война
Kröte *f* =, -n жаба
Krug *m*, -es, **Krüge** кувшин, кружка
Kuh *f* =, **Kühe** корова
Kürze *f* =, -n **in** ~ вскоре
küssen *vt* целовать

Ll

lachen *vi* (über A) смеяться (над чем-л.)
Lage *f* =, -n положение; **sich in die ~ schicken** смириться со своим положением
Land *n* -es, **Länder** страна, земля
lassen (ließ, gelassen) 1. *vt* оставлять 2. велеть
laufen *vi* бегать, течь
Laus *f* =, **Läuse** вошь
laut громкий
lauter *a* прозрачный, чистый; *adv* исключительно, сплошь
leben *vi* жить; **lebe wohl!** прощай, будь здоров!
Leder *n* -s, = кожа; **-kappe** кожаная шапка
leer пустой
legen 1. *vt* класть, укладывать 2. *sich* ложиться
Lehrling *m* -s, -e учнеик
Leib *m* -es, -er тело, туловище
Leid *n* -es боль, страдание, горе, печаль
leiden (litt, gelitten) *vt* страдать, терпеть
Leinwand *f* = полотно, холст
lesen *vt* (las, gelesen) 1. собирать 2. перебирать
Leute *pl* люди
Licht *n* -es свет, огонь
lieb милый, дорогой, любимый
Lied *n* -es, -er песня
loben *vt* (um, für A, wegen G) хвалить (за что- л.)
locken *vt* манить, привлекать
Löffel *m* -s, = ложка
Lohn *m* -es, **Löhne** 1. награда 2. заработная плата
loswerden *vt* (s) (wurde los, losgeworden) сбывать (с рук), отделываться (от кого-л.)

Mm

Mädchen *n* -s, = 1. девочка, девушка; 2. служанка
Magen *m* -s, = желудок
mager 1. худой, тощий; 2. скудный
Mangel *m* -s, **Mängel** 1. an D недостаток (в чем-либо), отсутствие (чего- либо); 2) нужда, бедность

Mann *m* -es, **Männer** 1. мужчина; 2. человек
Märchen *n* -s, = сказка
Maß *n* -es, -e 1. мера; 2. мерка; 3. размер; 4. предел; **ohne** ~ безмерно
meinen *vt* полагать, думать
Meister *m* -s, = 1. мастер; 2. учитель; 3. господин
Menge *f* =, -n множество, большое количество
menschlich человеческий
merken *vt* отмечать, замечать
messen *vt* (maß, gemessen) мерить. измерять
Messer *n* -s, = нож
Milch *f* = молоко
miteinander вместе; друг с другом
Mitleid *n* -es сострадание; **mit j-m haben** жалеть (кого-либо)
mitleidig сострадательный, жалостливый
mögen (mochte, gemocht) *мод. глагол* выражает 1. желание; 2. возможность; 3. любить, нравиться
Moos *n* -es, -e мох
morgen завтра
müde усталый; ~ **werden** устать
Mühe *f* =, -n труд, хлопоты
Mühle *f* =, -n мельница
Mund *m* -es, **Munde, Münder** рот, уста
Musikant *m* -en, -en музыкант
müssen (musste, gemusst) *мод. глагол* выражает 1. долженствование, необходимость; 2. возможность, вероятность
Mut *m* -es мужество, храбрость
Mutter *f* =, **Mütter** мать
Mütze *f* =, -n шапка

Nn

Nachbar *m* -s -n, -n сосед
nachgeben *vi* (gab nach, nachgegeben) поддаваться, уступать
nächst 1. *a* ближайший, ближний; 2. *präp.* D возле, близ
Nachtherberge *f* =, -n ночлег
nähren *vt* кормить
Narr *m* -en, -en глупец, дурак

natürlich *adv* естественно, конечно, разумеется
nehmen *vt* (nahm, genommen) брать, взять
neidisch завистливый
nennen *vt* называть; **sich** ~ называть себя
Nest *n* -es, -er гнездо
neugierig любопытный
nie никогда
niederstechen *vt* (stach nieder, niedergestochen) закалывать
niemals никогда
nirgends нигде
Nisse *f* =, -n гнида
Nixe *f* =, -n русалка
noch ещё
Not *f* =, **Nöte** нужда
Nu; *im* ~ мигом
nur только, лишь

Oo

oben наверху, вверху; **nach** ~ вверх
ober верхний
Ofen *m* -s, **Öfen** печь
öffnen *vt* открывать
Ordnung *f* =, -en; порядок; in ~ bringen приводить в порядок
Osten *m* -s восток
Otter *f* =, -n гадюка

Pp

paar: *ein* ~ несколько
Paar *n* -es, -e пара
Pech *n* -es, -e смола
Peitsche *f* =, -n бич, кнут, плеть
Perle *f* =, -n жемчужина; *pl* жемчуг
Pferd *n* -es, -e лошадь
pflücken *vt* рвать, собирать (цветы, плоды)
plötzlich *adv* вдруг, внезапно
plumpsen *vi* (s) *разг.* бултыхнуться

pochen *vi* (an A) стучать (во что-либо)
prächtig роскошный, великолепный
Proviant *m* -es, -e продовольствие
Pudel *m* -s, = пудель

Rr

Rache *f* = месть
rasten *vi* отдыхать, сделать привал
Rat *m* -es, **Ratschläge** совет, указание
Räuber *m* -s, = разбойник, грабитель
recht I 1. *a* правый; **rechter Hand** по правую руку; прямой; справедливый; 2. *adv* верно, хорошо, правильно; очень, довольно, вполне; ~ **gut** довольно хорошо
Recht II ~ **haben** быть правым
reden *vi, vt* über A, von D говорить, беседовать
reich богатый
Reich *n* -es, -e государство, империя
reichen 1. *vt* подавать, протягивать; 2. *vi* быть достаточным, хватать
Reichtum *m* -(e)s, -tümer богатство
Reihe *f* =, -n ряд; **an der** ~ **sein** быть на очереди
Reis *n* -es, -er хворост, веточка
Reise *f* =, -n поездка, путешествие
Reisig *n* -s хворост
reißen (riss, gerissen) *vt* рвать, разрывать
reiten *vi* (h, s) (ritt, geritten) ездить верхом
Rest *m* -es, -e остаток
retten *vt* спасать
Riese *m* -n, -n великан
Ring *m* -es, -e кольцо
Rock *m* -es, **Röcke** 1. пиджак, сюртук 2. юбка
rollen *vi* (s) катиться
Rose *f* =, -n роза
Ross *n* -es, -e конь
Rücken *m* -s, = спина
rufen *vi, vt* кричать, звать
Ruhe *f* = 1. спокойствие; 2. тишина, отдых

rühren *vt* мешать, помешивать; **Butter** ~ сбивать масло
Runzel *f* =, -n морщина
Rute *f* =, -n прут, розга

Ss

Saat *f* =, -en посев, семя; **-tasche** короб с семенами
Säbel *m* -s, = сабля
Sack *m* -es, **Säcke** мешок
Same *m* -ns, -n семя
satt сытый; **sich satt essen** наесться досыта
sättigen, sich - наедаться
Saunest *n* -es, -er свинарник
scharf острый, резкий
Schatz *m* -es, **Schätze** сокровище, клад
Schatzkammer *f* =, -n сокровищница
schauen *vi* auf À смотреть (на кого-л.)
scheinen *vi* (schien, geschienen) светить, сиять
schelten *vt* (schalt, gescholten) бранить
schenken *vt* (по)дарить
Schere *f* =, -n ножницы
Scherz *m* -es, -e шутка
schicken *vt* посылать
schießen *vt* (schoss, geschossen) стрелять (дичь)
Schimmel *m* -s, = белая лошадь
schlachten *vt* колоть, резать (скот, птицу)
schlafen *vi* (schlief, geschlafen) спать
Schlag *m* -es, **Schläge** удар
schlagen *vt* (schlug, geschlagen) бить
Schlamm *m* -es, -e тина, ил
Schlange *f* =, -n змея
schlau хитрый
schleppen *vt* тащить, волочить
schließen *vt* (schloss, geschlossen) закрывать, запирать
schließlich наконец
Schlitten *m* -s, = сани
Schloss *n* -es, **Schlösser** замок, дворец
Schlüsselbund *n, m* -(e)s, -e связка ключей

Schnauze *f* =, -n морда
schreiben *vt* (schrieb, geschrieben) писать
schreien *vi* (schrie, geschrien) кричать
Schuh *m* -s, -e башмак, туфля
Schüssel *f* =, -n миска, блюдо
Schuster *m* -s, = сапожник
Schutt *m* -es, мусор
schütteln *vt, vi* трясти, качать
schütten *vt* сыпать, насыпать
schwach слабый
Schwalbe *f* =, -n ласточка
Schweiß *m* -es, -e пот
Schwert *n* -es, -er меч
Schwiegersohn *m* -es, -söhne зять
schwimmen *vi* (h, s) (schwamm, geschwommen) плыть, плавать
See *m* -s, -n озеро
Seele *f* =, -n душа
Segen *m* -s, = благословение
sehnen, sich nach D тосковать (по кому-л.)
Seil *n* -es, -e трос, канат
selber сам
seltsam странный, диковинный
Silber *n* -s серебро
Sirup *m* -s -e сироп
soeben только что
sogleich сейчас, тотчас
Sonnenaufgang *m* -es, -gänge восход солнца
Sonnenuntergang *m* -es, -gänge заход солнца
sonst 1. кроме того, ещё; 2. обычно; 3. иначе, а то
Sorge *f* =, -n забота, беспокойство
spät поздний
spazieren *vi* (s) гулять
Speise *f* =, -n блюдо
speisen *vt* кушать, есть
Spiegel *m* -s, = зеркало
spinnen *vt* прясть
spotten насмехаться

Spruch *m* -es, Sprüche заговор
Sprung *m* -es, Sprünge прыжок
Stachel *m* -s, n 1. жало; 2. шип, колючка
Stall *m* -s, Ställe хлев, конюшня
Stamm *m* -es, **Stämme** ствол
statt *prap* (G) вместо
stattfinden *vi* (fand statt, stattgefunden) состояться
Staub *m* -es, sich aus dem ~ machen удрать, испариться
stechen *vt* (stach, gestochen) колоть, жалить, резать
stecken *vt* втыкать; ~ **bleiben** застревать
stehlen *vt* (stahl, gestohlen) воровать
Stelle *f* =, -n место
sterben *vi* (s) (starb, gestorben) умирать
Stern *m* -es, -e звезда
Stief// -mutter *f,* =, -mütter мачеха; ~ **schwester** *f* =, -n сводная сестра; ~ **tochter** *f* =,töchter падчерица
stillstehen *vi* (s) (stand still, stillgestanden) стоять
Stimme *f* =, -n голос
Stirn *f* =, -en лоб
stolz гордый
stören мешать, беспокоить
Stück *n* -es, -e кусок, часть
stumpf тупой
suchen *vt vi* искать
Sumpf *m* es, Sümpfe болото

Tt

Takt *m* -es, -e такт
Taler *m* -s, = талер
Tanne *f* =, -n ель
Taube *f* =, -n голубь
Tausch *m* -es, -e обмен
tausend тысяча
Teil *m, n* -es, -e часть, доля
teilen *vt* in A делить (на что-л.)
teilnehmen *vi* an D участвовать (в чём-л.)
Tod *m* -es смерть

Tor *n* -es -e ворота
tot мёртвый
totenstill очень тихий
tragen *vt* (trug, getragen) носить, нести
traurig печальный, грустный
treffen *vt* (traf, getroffen) встречать
treiben *vt* (trieb, getrieben) гнать
treuherzig чистосердечный, прямодушный
trinken *vt* (trank, getrunken) пить
Trog *m* -es, Tröge корыто
trollen *vi* (s) семенить; sich ~ убираться
tropfen *vi* (s, h) капать
Trost *m* -es утешение
trösten *vt* утешать; sich - утешаться
trübe мрачный, пасмурный
Truhe *f* =, -n сундук, ларь
Tugend *f* =, -en добродетель
tun *vt* (tat, getan) делать, weh ~ причинять боль

Uu

übel дурной; **mir ist** ~ мне дурно, меня тошнит
überfallen *vt* (überfiel, überfallen) нападать (на кого-л.)
überfroh радостный сверх всякой меры
übergeben *vt* (übergab, übergeben) передавать
überleben *vt* пережить, испытать
übernehmen *vt* (übernahm, übernommen) 1. перенимать; 2. браться за что-л.
überrascht поражённый
Ufer *n* -s, = берег; am ~ **entlang** вдоль берега
umarmen *vt* обнимать
umgeben *vt* (umgab, umgeben) окружать
umhauen *vt* срубать
umschauen, sich осматриваться, озираться вокруг
umsonst напрасно, зря
unangenehm неприятный
unaufhörlich беспрерывный

ungeheuer 1. *a* чудовищный, огромный; 2. *adv* чрезвычайно, ужасающе
Unglück *n* -(e)s, -e несчастье, беда
Ungeziefer *n* -s, = вредные насекомые, паразиты
unnötig ненужный, бесполезный
unterirdisch подземный
unternehmen *vt* (unternahm, unternommen) предпринимать
unterscheiden *vt* различать; sich - отличаться
unterwegs дорогой, по пути
unvermutet неожиданный
unwillig 1. *a* недовольный; 2. *adv* недовольно
uralt древний

Vv

verbrennen 1. *vt* (verbrannte, verbrannt) сжигать; 2. *vi* (s) сгорать
verdrießlich угрюмый
verflucht проклятый
verfolgen *vt* преследовать, следовать
vergnügt весёлый, довольный
verhungern *vi* (s) умирать с голоду
verirren, sich заблудиться
verkaufen *vt* продавать
verlangen *vt, vi* требовать
verlassen *vt* (verließ, verlassen) оставлять, покидать
verlieren *vt* (verlor, verloren) (по)терять
Vermögen *n* -s, = имущество
vermuten *vt* подозревать
verschließen *vt* (verschloss, verschlossen) запирать
verschmausen *vt* проесть
verschwinden *vi* (s) (verschwand, verschwunden) исчезать
verspotten *vt* насмехаться
verstecken *vt* прятать; - sich прятаться
verwandeln, sich превращаться
Verwunderung *f* =, -en удивление
verwüsten *vt* опустошать
verzaubern *vt* заколдовать

voll 1. *a* полный, весь, целый; 2. *adv* полностью
von da an с тех пор
vorbereiten *vt* приготовлять
vorerst сперва, прежде всего
vorher раньше, прежде, заранее
vorüber an D мимо (чего-л.)

Ww

wacker храбрый, честный
wagemutig смелый, отважный
wahr верный, настоящий; **das ist** ~ это правда
wahrscheinlich *adv* вероятно, должно быть
Wämpchen *n* -s, = подгрудок, *разг.* брюшко
wandern *vi* (s) странствовать, бродить
Ware *f* =, -n товар
warten *vi* auf A ждать
waschen (wusch, gewaschen) *vt* стирать, мыть
weg прочь
Weg *m* -es, -e дорога, путь
wegnehmen *vt* (nahm weg, weggenommen) отбирать, отнимать
wegreißen *vt* (riss weg, weggerissen) вырывать
Weide *f* =, -n пастбище, выгон
Weile *f* =, -n время; **eine** ~ **später** спустя некоторое время
weilen *vi* находиться
Wein *m* -es, -e вино
weinen *vi* плакать
welch какой, который
Welle *f* =, -n волна
Welt *f* =, -en мир, свет
wenig мало
wenn 1. если, хотя; 2. когда
werden *vi* (s) (wurde, geworden) становиться, превращаться
werfen *vt* бросать
Werkstatt *f* =, -**stätten**, ~**stätte** мастерская
Wesen *n* -s, = существо
Wiege *f* =, -n колыбель
Wiese *f* =, -n луг

Wild *n* -es дичь
wimmeln *vi* кишеть
winden *vt* (wand, gewunden) плести, мотать
winzig крошечный
Witwe *f* =, -n вдова
woher откуда
wohl 1. *a* здоровый; 2. *adv* 1) хорошо; 2) может быть
wollen (wollte, gewollt) *мод. глагол* 1. хотеть, желать; 2. в значении будущего
wundern *vt* удивлять; sich ~ удивляться
wunderschön чудесный, удивительно красивый
wütend яростный, рассвирепевший

Zz

zahlen *vt* платить
Zauber *m* -s, = колдовство
Zauberei *f* =, -en волшебство
Zauberer *m* -s, = волшебник
zerhauen *vt* разрубать
zerreißen *vt* (zerriss, zerrissen) разрывать
zerzausen *vt* растрепать
Zeug *n*, -(e)s, -e вещи
Ziege *f* =, -n коза
ziehen 1.*vt* (zog, gezogen) тянуть, тащить; 2. *vi* (s) идти, переезжать
Zinke *f* =, -n зубец
zottig лохматый, косматый
Zucker *m* -s сахар
zuerst сначала, сперва
zufrieden (mit D) довольный (чем-л.)
zuletzt напоследок, наконец
zurück назад, обратно
zusagen 1. *vt* обещать, соглашаться; 2. *vi* подходить, нравиться
zusammenbinden *vt* (band zusammen, zusam-mengebunden) связывать
zuvor раньше, до сего времени
Zwerg *m* -(e)s, -e карлик, гном

QUELLENVERZEICHNIS

Die schönsten Märchen aus Österreich. Der Graph, Wien.
Mobile 2. Lesebuch. Westermann Schulbuchverlag GmbH Braunschweig, 1997.
Mobile 3. Lesebuch. Westermann Schulbuchverlag GmbH Braunschweig, 1992.
Neue Ensslin-Diktatspiele 2. Ensslin und Laiblin. Reutlingen, 1997.
Neue Ensslin-Grammatikspiele 1,2. Ensslin und Laiblin. Reutlingen, 1998.
Neue Ensslin-Rechtschreibspiele 1. Ensslin und Laiblin. Reutlingen, 1998.

INHALTSVERZEICHNIS

Дорогие читатели! ... 3
Уважаемые коллеги! ... 4
Die beiden Musikanten ... 7
   Übungen zum Inhaltsverständnis ... 8
   Übungen zur Festigung des Wortschatzes ... 9
   Übungen zur Wiederholung der Grammatik ... 10
   Übungen zum Hören, Schreiben und Sprechen ... 11
Die Wassernixe ... 12
   Übungen zum Inhaltsverständnis ... 13
   Übungen zur Festigung des Wortschatzes ... 15
   Übungen zum Hören, Schreiben und Sprechen ... 16
Der Zauberer und sein Lehrjunge ... 19
   Übungen zum Inhaltsverständnis ... 21
   Übungen zur Festigung des Wortschatzes ... 22
   Übungen zur Wiederholung der Grammatik ... 23
   Übungen zum Hören, Schreiben und Sprechen ... —
Die Krötenfrau ... 25
   Übungen zum Inhaltsverständnis ... 26
   Übungen zur Festigung des Wortschatzes ... 28
   Übungen zur Wiederholung der Grammatik ... 29
   Übungen zum Hören, Schreiben und Sprechen ... —
Das Märlein vom roten Apfel ... 31
   Übungen zum Inhaltsverständnis ... 32
   Übungen zur Festigung des Wortschatzes ... 33
   Übungen zum Hören, Schreiben und Sprechen ... 34
Der Goldkäppler ... 36
   Übungen zum Inhaltsverständnis ... 37
   Übungen zur Festigung des Wortschatzes ... 39
   Übungen zur Wiederholung der Grammatik ... 40
   Übungen zum Hören, Schreiben und Sprechen ... 41
Die glücklichen Brüder ... 42
   Übungen zum Inhaltsverständnis ... 43
   Übungen zur Festigung des Wortschatzes ... 44
   Übungen zur Wiederholung der Grammatik ... 45
   Übungen zum Hören, Schreiben und Sprechen ... 46

Inhaltsverzeichnis

Die Sterntaler 48
   Übungen zum Inhaltsverständnis 49
   Übungen zur Festigung des Wortschatzes 51
   Übungen zur Wiederholung der Grammatik 52
   Übungen zum Hören, Schreiben und Sprechen 53
Die Katzenmühle 55
   Übungen zum Inhaltsverständnis 57
   Übungen zur Festigung des Wortschatzes 58
   Übungen zur Wiederholung der Grammatik 59
   Übungen zum Hören, Schreiben und Sprechen 60
Das Schimmelchen 62
   Übungen zum Inhaltsverständnis 64
   Übungen zur Festigung des Wortschatzes 66
   Übungen zur Wiederholung der Grammatik 67
   Übungen zum Hören, Schreiben und Sprechen ..... —
Die schwarzen und die weißen Steine 69
   Übungen zum Inhaltsverständnis 71
   Übungen zur Festigung des Wortschatzes 73
   Übungen zur Wiederholung der Grammatik 75
   Übungen zum Hören, Schreiben und Sprechen ..... —
Das Almosen 77
   Übungen zum Inhaltsverständnis 79
   Übungen zur Festigung des Wortschatzes 80
   Übungen zur Wiederholung der Grammatik 81
   Übungen zum Hören, Schreiben und Sprechen ..... —
Der Arme und der Reiche 82
   Übungen zum Inhaltsverständnis 84
   Übungen zur Festigung des Wortschatzes 86
   Übungen zur Wiederholung der Grammatik 87
   Übungen zum Hören, Schreiben und Sprechen 88
Der verlorene Strähn 89
   Übungen zum Inhaltverständnis 91
   Übungen zur Festigung des Wortschatzes 92
   Übungen zur Wiederholung der Grammatik 93
   Übungen zum Hören, Schreiben und Sprechen 94
Vom armen Bäuerlein 95
   Übungen zum Inhaltsverständnis 97
   Übungen zur Festigung des Wortschatzes 98
   Übungen zur Wiederholung der Grammatik 99
   Übungen zum Hören, Schreiben und Sprechen ..... —

Inhaltsverzeichnis

Der Bär 101
    Übungen zum Inhaltsverständnis 103
    Übungen zur Festigung des Wortschatzes 106
    Übungen zur Wiederholung der Grammatik 108
    Übungen zum Hören, Schreiben und Sprechen .... —
Das Arme-Seelen-Weiberl 110
    Übungen zum Inhaltsverständnis 112
    Übungen zur Festigung des Wortschatzes 114
    Übungen zur Wiederholung der Grammatik 115
    Übungen zum Hören, Schreiben und Sprechen 116
Das Birkenreis 117
    Übungen zum Inaltsverständnis 119
    Übungen zur Festigung des Wortschatzes 120
    Übungen zur Wiederholung der Grammatik 122
    Übungen zum Hören, Schreiben und Sprechen .... —
Die Bienenkönigin 124
    Übungen zum Inhaltsverständnis 127
    Übungen zur Festigung des Wortschatzes 128
    Übungen zur Wiederholung der Grammatik 129
    Übungen zum Hören, Schreiben und Sprechen 130
Märchensalat 131
Wörterverzeichnis 132
Quellenverzeichnis 156

Книги издательства «КАРО» можно приобрести:

Оптовая торговля:

в Санкт-Петербурге: ул. Бронницкая, 44. тел./факс: (812) 575-94-39, 320-84-79
e-mail: karo@peterstar.ru

в Москве: ул. Стахановская, д. 24. тел./факс: (499) 171-53-22, 174-09-64
Почтовый адрес: 111538, г. Москва, а/я 7,
e-mail: moscow@karo.net.ru, karo.moscow@gmail.com

Интернет-магазины:

WWW.BOOKSTREET.RU
WWW.LABIRINT.RU
WWW.OZON.RU
WWW.MURAVEI-SHOP.RU
WWW.MY-SHOP.RU

Розничная торговля:

в Санкт-Петербурге:
«Азбука»,
пр. Обуховской обороны, 103,
тел.: (812) 567-56-65
Санкт-Петербургский
Дом Книги,
Невский пр., 28,
тел.: (812) 448-23-55
Сеть книжных магазинов
«Буквоед»

в Москве:
Торговый дом «Библио-Глобус»,
тел.: (495) 928-35-67, 924-46-80
«Московский Дом Книги»,
тел.: (495) 789-35-91
Дом Книги «Молодая гвардия»,
тел.: (495) 238-50-01, 238-26-86
Торговый Дом Книги «Москва»,
тел.: (495) 797-87-18
Дом Книги «Медведково»,
тел.: (495) 476-00-23
«Книги на Бауманской»,
тел.: (499) 400-41-03

НЕМЕЦКИЕ И АВСТРИЙСКИЕ СКАЗКИ

DEUTSCHE UND ÖSTERREICHISCHE MÄRCHEN

Составитель Холодок Марина Вячеславовна

Ответственный редактор *О. П. Панайотти*
Технический редактор *М. Г. Столярова*
Корректор *В. А. Шачнева*
Иллюстрация на обложке *О. В. Маркиной*
Художник *Н. Дмитриева*

Издательство «КАРО», ЛР № 065644
195027, Санкт-Петербург, Свердловская наб., д. 60, (812) 570-54-97

Гигиенический сертификат
№ 78.01.07.953.П.323 от 10.02.2012

Подписано в печать 18.02.2014. Формат 60 x 88 $^1/_{16}$. Бумага офсетная.
Печать офсетная. Усл. печ. л. 10. Тираж 3000 экз. Заказ № 02.06

Отпечатано в типографии «КАРО»